村上春樹の100曲

編著
栗原裕一郎

立東舎

まえがき

「若い頃、僕はビートルズやドアーズを聴き、アメリカの小説、ミステリー、サイエンス・フィクションを読み、フィルム・ノワールの映画を見ていました。こうした大衆文化《ポップカルチャー》の音楽・小説・映画にどっぷりつかっていたんです。自分がかつて好きだったもの、そして現在でも好きであり続けているものについて語りたいと思った」

『夢を見るために毎朝僕は目覚めるのです』は、様々な国でなされた村上春樹に対するインタビューを集めた本だ。その中でフランス人の聞き手による「あなたの作品には、西洋の大衆文化《ポップカルチャー》への言及がちりばめられています。(中略)これは、三島由紀夫、川端康成、谷崎潤一郎らによって体現されてきた伝統的な日本文学と手を切るための手段なのでしょうか」という質問に対して、春樹はそう切り出している。

音楽から小説の書き方を学んだということも複数のインタビューで述べている。一例を挙げれば、アメリカの若手作家の、音楽はものを書くときに役に立っているかという質問にこんなふうに答えている。

「僕は十三歳か十四歳の頃からずっと熱心にジャズを聴いてきました。音楽は僕に強い影響を与えました。コードやメロディーやリズム、そしてブルーズの感覚、そういうものは、僕が小説を書くにあたってとても役に立っています。僕は本当はミュージシャンになりたかったんだろうと思う」

　春樹作品において音楽が、無視できるはずもないほどに重要な要素であること、見方によっては小説の本質に関わってさえいるものであることは、現在ではよく知られるようになってきた。熱心な読者なら「そんなの言うまでもなくずっと昔からわかりきったことじゃないか」と思うだろうが、文学といういささか視野の偏った世界ではそうでもなかったのだ。

『風の歌を聴け』を例に見てみよう。1979年に発表された村上春樹のこのデビュー作には、ビーチ・ボーイズ「カリフォルニア・ガールズ」のタイトルが5回登場し、歌詞が2回引用されている。「大事なことだから2度言いました」という常套句がネットで使われるけれど、2度も引用するというのは念の入った話だ。

　しかしこの曲が小説にとって、どういう意味を持っていて、どういう役割を果たしているのかということについて、春樹春樹と狂ったように論じてきていながら、文学の人たちは長らく一顧だにしなかった。『風の歌を聴け』と「カリフォルニア・ガールズ」の関係について考えた論文が登場するのは、小説の発表から実に（実に！）20年後の1999年のことである。

春樹は先のインタビュー集で「マイルズ・デイヴィスが小説に関してのロールモデル」とも語っているが、マイルスをフィーチャーした春樹論はむろん存在しないし、マイルスに言及した論評があるかすら覚束ない。

春樹のフェイヴァリット筆頭と言えるこうしたミュージシャンたちについてさえそんな具合なのだから、一事が万事、あとは推して知るべしなのだ。

本書は、村上春樹の小説に登場する様々な音楽を拾い上げ、その楽曲を解説しながら、春樹作品における意味や役割、作者の精神との結び付きなどに思いをめぐらせてみようという狙いから作られた、一風変わったディスクガイドである。村上春樹の小説を彩る楽曲を、ジャンルごとに20曲ずつ選び出し、5人の評者でレビューした。

春樹作品を読むと、一口に音楽と言っても、ジャンルによって登場のさせ方に明らかな違いのあることがわかる。ジャズならジャズ、ロックならロックで、作者が託している精神性や、象徴させたり、暗示させようとしている意味などがそれぞれ異なっている。そこでまず、ロック、ポップス、ジャズ、クラシックと4つのジャンルに分けることにした。

さらに春樹作品では、時代に対する意識が、80年代を境に以前と以後で明確に分かれている。作品で言えば『ダンス・ダンス・ダンス』が区切りになっており、音楽に対する意識や態度にも同様の分断が見られる。ゆえに先の4つのジャンルに「80年代以降」という括りを加えて全部で5ジャンルとしている。「80年代以降」をジャンルと呼ぶのには語弊があるが、小説の主題の移り変わりに照らして、このカテゴライズはどうしても必要であると思われる。

各ジャンルの評者は、監修者である栗原が信頼を置く人たちにお願いした。文学と音楽の両方に通じているという前提で探したが、何しろこういう主旨の本なので、音楽のほうにより力点のある人選になっている。

ジャズ担当の大谷能生は、サックス奏者でかつ音楽批評家でもある。とりわけバークリーメソッドを詳らかに解析した『憂鬱と官能を教えた学校』や、マイルス・デイヴィスを多角的に論じた浩瀚《こうかん》な『M／D　マイルス・デューイ・デイヴィスⅢ世研究』をはじめとする菊地成孔との一連のコラボレーションは、ジャズ批評ひいては音楽批評のあり方に一石を投じ、その後の流れを変えたエポックメイキングな出来事だった。

　ポップス担当の大和田俊之は、ハーマン・メルヴィルを研究するアメリカ文学者だが、いつしか軸足が音楽のほうへ移って、現在では音楽研究のほうでむしろ名高いかもしれない。サントリー学芸賞を受賞した『アメリカ音楽史』は、白人が黒人に扮するミンストレル・ショーを起点に、自己表現でなく、他者に「偽装」する欲望に突き動かされる文化としてアメリカ音楽の歴史を刷新してみせた画期的な1冊である。

　クラシック担当の鈴木淳史は、まあ、クラシック評論家ということになるのだが（当人は「売文業」を名乗っているが）、権威的クラシック批評を笑いのめしながら音楽批評というものについて考える『クラシック批評こてんぱん』というひねくれた著作で名を上げた人だ。普通のクラシック評も書いているのだけれど、僕の見立てでは一貫して、音楽が我々の意識に現れてくるその仕方にこだわっているように見える。ある意味で春樹的な聴取と言えるかもしれない。

　ロック担当の藤井勉は、セミプロながら腕の立つ書き手である。書評家・豊﨑由美氏が、匿名の書評で得点を競い「書評王」を決めるというシステムの講座を主宰しているのだが、僕がゲストに出たときに書評王を獲得したのが藤井氏だった。僕も彼の書評に最高点を付けていた。話すと音楽にもやたら詳しいので、「いまこういう企画を準備しているんだけど書いてくれない?」とスカウトしたのである。豊崎氏いわく「日本一書評の上手いサラリーマン」。

「80年代以降」担当の栗原裕一郎は、文学や音楽、経済学などで雑多に執筆している文筆家である。ジャンルによらず、栗原の興味はどうやら、本当はAなのだけれど、Bであるという予断や常識がそれを疑うことを妨げるほどに行き渡ってしまっている事象について、「ほーら、ほんとはAなんだってば!」とデータやロジックを駆使して引っ繰り返すことにあるらしい(と最近ようやく気づいてきた)。春樹に対する興味にも確かにそんなところがあるようである。

以上の5名で、各ジャンル20曲、計100曲に対するガイドを執筆した。各々のガイドは点だが、点がつながれば面になるし、面が重なれば立体になる。村上春樹という作家とその作品について、隠されていたり、見逃されていたりした新たな相貌を、点を積み重ねた立体として浮かび上がらせられればと考えている。

最後に成立の経緯を少し。

実は本書は、2010年に同じメンバーで作った『村上春樹を音楽で読み解く』を換骨奪胎したものである。とはいえ企画を立て直し、原稿もほぼ全面的に新しくなっているので、主旨は残しつつも、本としてはまったく別の1冊となっている。

『〜音楽で読み解く』は版元からの依頼で作ったものだった。先方としては「村上春樹の小説に登場する音楽を軽く紹介するお手軽なガイド本」くらいの企図だったらしいのだが、だとすると人選ミスもいいところというもので、結果としてお手軽とはまったく逆の、かなり踏み込んだ内容のものが出来上がった。むろん狙ってのことだ。

『〜音楽で読み解く』は一部から高評価を得て、先日、韓国語訳版も出版された。中国からの翻訳オファーも来たのだが、連絡が行き違い話が宙に浮いてしまっている（北京から直に電話がかかってきたのだけれど、先方の日本語がとてもカタコトで、こちらは中国語がまったくできないため、チグハグなやりとりになってしまった）。

評判は悪くなかったとはいえ、商業的には成功したとは言えず、『〜音楽で読み解く』は事実上絶版になった。外国で翻訳が出るのにその親本が存在しないというのは事態としてあまり楽しくない。本の仕上がりに納得がいっていなかったこともあり、いっそ全面的に作り直そうと新たに練り直したのが、本書『村上春樹の100曲』というわけだ。

『〜音楽で読み解く』は、音楽を主題にしながら、性格や体裁としてはほぼ文芸評論に近い造りになっていた。文芸評論というのは市場が狭く、読者層もきわめて限定される。平たく言えばその筋のプロかマニアしか読まない。おまけに近年はそのプロとマニアもどんどん先細りになっている。

春樹の読者にむしろ手に取ってもらいたいのに文芸評論のような見てくれになってしまったのは企画者（僕）の失策である。第一、春樹自身が文芸評論の類を嫌っているのだから、ファンにアピールするはずもないのだ。

もう少し、こう、うまい見せ方ができないものかと、執筆陣一同と編集者で知恵を絞った結果、説明してきたようなアプローチを採ることとなった次第である。

……といった能書きはさておき、お楽しみいただければ幸いです。では、村上春樹と音楽の世界へ。

目次

プロフィール

栗原裕一郎（くりはら・ゆういちろう）

1965年生まれ。評論家。文芸、音楽、社会問題などその執筆活動は多岐にわたる。著書に『〈盗作〉の文学史』（第62回日本推理作家協会賞受賞）、共著に『石原慎太郎を読んでみた』などがある。

藤井勉（ふじい・つとむ）

1983年生まれ。ライター。2008年豊崎由美氏主催の書評講座「書評の愉悦ブックレビュー」参加をきっかけに文章を書き始める。共著に『村上春樹を音楽で読み解く』がある。

大和田俊之（おおわだ・としゆき）

1970年生まれ。慶應義塾大学法学部教授。専攻はアメリカ文学、ポピュラー音楽研究。著書に『アメリカ音楽史』（第33回サントリー学芸賞受賞）、共著に『文化系のためのヒップホップ入門』などがある。

鈴木淳史（すずき・あつふみ）

1970年生まれ。音楽エッセイスト・評論家（クラシック音楽）。著書に『クラシックは斜めに聴け！』『背徳のクラシック・ガイド』『クラシック悪魔の辞典』『クラシック音楽異端審問』などがある。

大谷能生（おおたに・よしお）

1972年生まれ。批評家、音楽家（サックス、エレクトロニクス）として先鋭的な活動を展開。著書に『ジャズと自由は手をとって（地獄に）行く』『持ってゆく歌、置いてゆく歌』などがある。

80年代以降の音楽

〜「60年代的価値観」の消滅

トーキング・ヘッズ「イ・ズィンブラ」

001

収録アルバム：
トーキング・ヘッズ
『フィア・オブ・ミュージック』
1979年

トーキング・ヘッズは77年にアルバム『サイコキラー'77』でデビューし、ニューウェーヴ、パンクのはしり的な評価と存在感を獲得したが、4枚目のアルバム『リメイン・イン・ライト』(80年)で大胆な方向転換を果たした。収録曲はどれもこれもコードが進行せず、ひとつのコードを延々と鳴らし続けるばかり、それをアフロビートのグルーヴによって聞かせてしまうという代物だったのである。この転身は、コード進行という緊張と解決で展開していく白人ポピュラーミュージックの大原則から著しく逸脱していたことに加え、グルーヴを獲得するために黒人ミュージシャンを呼び入れるという〝禁じ手〟を採ったと言われたこともあって、賛否激しい議論を呼び起こした。白人による黒人音楽の略奪だの、ロック精神にもとる安直なやり方だなどと言われたのである(現在から振り返ると馬鹿げた議論に見えるけれど、当時はみんな大真面目だったのだ)。

ひとつ前のアルバム『フィア・オブ・ミュージック』(79

登場作品

『ダンス・ダンス・ダンス』
※アルバム名のみ登場

年）で、実はすでにアフロビートの導入は試みられていた。1曲目の「イ・ズィンブラ」も、コード進行でなくグルーヴで成立している曲だった。『リメイン・イン・ライト』への伏線だったと見てよいだろう。トーキング・ヘッズのこの非西洋的グルーヴへの志向は「ポストパンク」などと呼ばれた。

村上春樹の『ダンス・ダンス・ダンス』を読んでまず目を引かれるのは、主人公の「僕」がラジオから流れてくるヒット・チャートの音楽をことごとく唾棄することだ。「くだらない、と僕は思った。ティーン・エイジャーから小銭を巻き上げるためのゴミのような大量消費音楽」という具合である。舞台は80年代、MTVの時代だ。

そんな中、トーキング・ヘッズの『フィア・オブ・ミュージック』がぽつんと否定的でないかたちで登場する。しかしなぜトーキング・ヘッズは同時代の「ゴミのような大量消費音楽」から区別されているのだろうか？

『ダンス・ダンス・ダンス』は作者によって初期三部作（『風

の歌を聴け』『1973年のピンボール』『羊をめぐる冒険』）の続編と位置づけられている。初期三部作は「僕」が70年代という時代をいかに生きたかを描いていたのに対し、『ダンス・ダンス・ダンス』は70年代をくぐり抜けた「僕」が80年代という時代をいかに生き延びたかを探ることが目的だったと村上はインタビューで話している。「彼が80年代をどう生きていったかということを僕自身が知りたかった。純粋に興味があったんです」（『デイズ・ジャパン』89年3月号）。

ここでキーとなるのが「60年代的価値観」である。これは村上自身の言葉だ。70年代と80年代は、この60年代的価値観がかろうじてまだ有効だった時代、もはや通用しなくなった時代というふうに、村上の中では画然と隔てられている。60年代的価値観とは、ボブ・ディランやビーチ・ボーイズ、ドアーズやビートルズといった村上のアイドルであるミュージシャンたちによってもたらされた価値観のことであり、初期三部作はある意味では、彼らによって体現された60年代的価値観が摩耗していくプロセスを描いた作品群だったと言うことができる。
『ダンス・ダンス・ダンス』の冒頭で「僕」がMTV的な音楽を罵倒するのは、60年代的価値観が完全に潰えたことに対する呪詛なのである。
呪詛を免れた『フィア・オブ・ミュージック』には、とするなら、摩滅した60年代的価値観に代わる価値観への期待あるいは予感が付与されていると見ることができそうだ。その期待と予感は、パンク／ニューウェーヴというごく短い期間で終わりかけていたムーヴメントの活路を、非西洋のグルーヴに開くことで見出そうとしたポストパンクの志しと確かに一致しているように思える。『ダンス・ダンス・ダンス』で途方に暮れている「僕」に、羊男はこう忠告したのだった
――「踊るんだよ」。

ブルース・スプリングスティーン「ハングリー・ハート」

002

収録アルバム：
『ザ・リバー』
1980年

『ダンス・ダンス・ダンス』の「僕」は、ユキと一緒に来たハワイで、スプリングスティーンの「ハングリー・ハート」がラジオでかかるのを聴きこう思う。

「良い歌だ。世界もまだ捨てたものではない。ディスク・ジョッキーもこれは良い歌だと言った」

ＭＴＶ的ヒットをディスっていた「僕」がスプリングスティーンを褒めることに読者は首を捻るだろう。「「ボーン・イン・ザ・U.S.A.」とか体制に迎合的な歌をうたってレーガンに利用された奴が「良い」ってどういうことだよ?」と。『意味がなければスイングはない』で村上はスプリングスティーンを取り上げ、そういう認識は誤っているのだと実に入念に説いている。代弁者を持たなかったアメリカのワーキング・クラスに対して、スプリングスティーンはスポークスマンたりえた希有な存在なのであり、その作品世界は、境遇の似たレイモンド・カーヴァーの小説とも通じているのだと。

スプリングスティーンはニュージャージー州北東部のフ

登場作品

『ダンス・ダンス・ダンス』
『騎士団長殺し』

リーホールドで生まれた。産業衰退地域、いわゆるラストベルトである。73年のデビュー時はボブ・ディランのフォロワー的な売り出しをされたが、すぐにワーキング・クラスの心情を歌うロックンローラーとして表現の足場を固めていった。

「ハングリー・ハート」は80年発表の2枚組アルバム『ザ・リバー』の1曲で、日本では佐野元春「サムデイ」の元ネタとしてのほうが有名かもしれないが、暗く屈折した複雑な歌詞を持つこの曲を、何万人もの観衆がスタジアムで合唱する（つまり暗唱している）事実に村上春樹は驚く。

「ボーン・イン・ザ・U.S.A.」も、いまだに誤解されているが、アメリカ賛歌ではない。むしろ逆で、「死ぬまで救いも出口もないということ、それがアメリカで生まれるということだ」と絶望を叩きつけた歌なのだ。しかし様々な要因や誤解が絡み合い、本来そうなるべきではなかったような巨大なヒットになり社会現象にまでなってしまった。その誤算はスプリングスティーン自身の表現活動にも影を落とすことになった。『ノルウェイの森』現象を連想させる事態である。

村上のスプリングスティーン（とカーヴァー）解釈でもうひとつ面白いのは、アメリカのカウンター・カルチャーは、ビートニクやヒッピー・ムーヴメント、反戦運動といった流れを本流とし、やがてポストモダンに行き着いたが、この2人はそこから外れていたがゆえに80年代にリアリティーを持ちえたという指摘だ。

「早い話、当時の彼らには、そのようなムーヴメントに関わっているような余裕がなかったのだ」「彼らの手つかずの世界観は、カウンター・カルチャーがほぼ壊滅状態に陥った1970年代半ばに至って、徐々に強い説得力を発揮し始めることになる」

結局のところ知的エリート層に担われていたカウンター・カルチャーが大衆の現実と乖離し失速していったという流れは、日本でもやや様相は異なるものの基本的には一致している。スプリングスティーンやカーヴァーのカウンター・カルチャーとの距離感は、村上春樹が学生運動に向ける醒めた視線と相似であるようにも思える。ニューアカデミズム系の批評家たちが一人残らず春樹をバッシングし激しい拒絶を示していた事実にも、何かしらの符合が読み取れそうである。

スプリングスティーンに対する評価のありようを知れば、短篇「プールサイド」で春樹が主人公に、ラストベルトの絶望を歌った「アレンタウン」を含むビリー・ジョエルの『ナイロン・カーテン』を聴かせたことは恣意的な選択ではありえないという判断になる。春樹のシンパシーのあり方を鑑みると、先のアメリカ大統領選と白人労働者の関係についても考えるところが少なくないと思われるが、これといった発言はしていないようだ。トランプ大統領誕生後に発表された『騎士団長殺し』にも『ザ・リバー』は登場するが、「私」がこのアルバムはCDではなくレコードで聴くべきものだと思うと感想を述べるだけの他愛ない小道具に留まっていた。

ビリー・ブラッグ＆ウィルコ
「イングリッド・バーグマン」

003

収録アルバム：
『マーメイド・アヴェニュー』
1998年

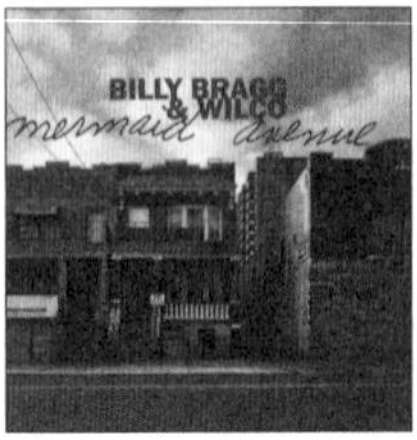

「イングリッド・バーグマン」は、フォーク・ソングの開祖であるウディ・ガスリーが未発表のまま遺した歌詞に、イギリスのシンガーソングライターであるビリー・ブラッグが曲を付け、アメリカのバンドであるウィルコとともに演奏録音した曲で、『マーメイド・アヴェニュー』に収録されている。収録曲はすべて、ガスリーの未発表詞に、ブラッグとウィルコのメンバーが曲を付けて成立したものだ。

アルバムは最初１９９８年に発表され、高い評価を得て、グラミー賞にもノミネートされた。次いで２０００年に『マーメイド・アヴェニュー　ボリューム２』がリリースされてこちらも大ヒットした。そしてガスリーの生誕１００周年にあたる２０１２年に総集編である『マーメイド・アヴェニュー　ザ・コンプリート・セッション』が発表された。

ウディ・ガスリーは１９５０年代以降、マッカーシズムと病気のせいで歌手生命を絶たれたのだが、１９６７年に亡くなるまで創作を続け、未発表曲を大量に残した。そのほとん

登場作品
『意味がなければスイングはない』
『村上ソングズ』

どは歌詞だけだった。ウディの娘であるノラ・ガスリーが遺稿に曲を付けてもらえないかとビリー・ブラッグに相談したのがこのアルバムの始まりだったそうだ。

春樹は『マーメイド・アヴェニュー』に『意味がなければスイングはない』と『村上ソングズ』で言及している。『意味がなければスイングはない』は一章をウディ・ガスリーに割いているのだが、その冒頭で『マーメイド・アヴェニュー』を取り上げている。春樹の興味は、まずガスリーにあり、その次くらいにウィルコにあって、ビリー・ブラッグにはさほど関心を持っていないようだ。同書にはアルバムが出たらとりあえず買う「定点」のミュージシャンが何組か挙げられているのだが、ウィルコもその中に含まれている。『村上ソングズ』は、春樹が気に入っている曲の歌詞を和訳し、コメントを書き、和田誠がイラストを添えた「趣味的な本」だが、そこで「イングリッド・バーグマン」が取り上げられている。こんな歌詞である。

「イングリッド・バーグマン、イングリッド・バーグマン／ストロンボリ島で、一緒に映画を作ろうよ。／イングリッド・バーグマン／（中略）／このおいぼれた山も長いこと待っているんだ。／君が燃え上がらせてくれることを。／君の手がこの硬い岩《ハードロック》に触れてくれることを。／イングリッド・バーグマン、イングリッド・バーグマン」

　一読してわかるように、性的な隠喩（というよりオヤジギャグ）をちりばめた賛歌だが、「ストロンボリ島」を舞台に据えることでバーグマンの政治性を称えてもいるのだと春樹は解説している。ロベルト・ロッセリーニの映画『ストロンボリ』に主演したバーグマンは、彼と不倫関係に落ち子どもをもうけ、ハリウッドを捨てイタリアに渡って、彼とともに社会を告発する映画を作る道を選んだ。その事実が「ストロンボリ島」の一語には込められているのである。

　ガスリーに対する評論からは、小説からは読み取りがたい春樹の政治意識が透けるのも興味深いところだ。ガスリーは共産党の綱領を盲信する根っからの左翼労働運動家であり、歌は労働者の苦境を代弁し、彼らの苦しみを癒やすためのツール、武器として見出された面が強かった。ブラッグはガスリーの運動家の顔により強く心酔したと思われる。

春樹もガスリーにシンパシーを寄せてはいるのだが——エルサレム賞の受賞スピーチで「壁と卵があるなら私は卵の側に立つ」と言った春樹であるからには当然だが——それ以上に、ガスリーの複雑な人格に対する興味が勝っているように見える。理想と現実が乖離し、幾分多重人格気味で、パブリック・イメージに沿うように演技的でもあったガスリーを、春樹はリベラルな人々がするようには聖人視しない。

その上で、シンプルで直截で理想主義的な歌に永遠の命を付与したガスリーの音楽的才能を称える。凡百の才能では風雪に耐えなかったような理想を、幾多のミュージシャンに継承させ、今日も理想として響かせている音楽家像を評価するのである。

スガシカオ「愛について」

004

収録アルバム：
『FAMILY』
1998年

村上春樹の小説には日本のロックやポップス、歌謡曲はほとんど登場しない。出てきたとしても時代の風俗を表わす記号以上の扱いをされることはまずない。たとえばこんな具合である。「マッチだとか松田聖子なんて下らなくて聴いてらんないよ。ポリスが最高だね。一日聴いてても飽きないね」（『世界の終りとハードボイルド・ワンダーランド』）。

『意味がなければスイングはない』は村上初の本格的な音楽評論集だが、ブライアン・ウィルソン、シューベルト、スタン・ゲッツ、ウディ・ガスリーといった名前に並んでスガシカオが取り上げられたことは、だからけっこうな驚きだった。それ以前『アフターダーク』（04年）にスガの「バクダン・ジュース」を登場させていて「おや？」と思ったことはあったが、セブンイレブンの店内に流れているという描写があるだけで従来の邦楽と扱いが変わるところはなかった。そんな記憶もあって、春樹がスガを長く詳細に論じたことは大変に意外だった。

登場作品

『意味がなければスイングはない』

春樹がスガを聴いたきっかけは、スガの1stアルバム『Clover』の見本盤が送られてきたことだったという。「しかしどうしてこのCDがうちに直接送られてきたのか、よくわからない。試聴盤が送られてくるなんて、あまりないことだから」と書いているのだが、これはスガ自身が送ったものだったらしい。スガは熱烈な春樹ファンなのだ。

以来、両者の良好な関係は続いていて、2016年に出たスガのニューアルバム『THE LAST』には春樹が約3000字のライナーノーツを寄せている。

春樹はスガの美点として、メロディーラインやコード進行に感じられる「個人的イディオム」の独自性、アレンジの見事さ、お約束にもたれかからない歌詞といった要素に着目して論じているが、歌詞について踏み込んだ読解を試みているのが特に目を引く。言葉の選び方やそれによって織りなされる感触について審美的に語る村上の様子が珍しい。邦楽に言及しないので歌詞を論じているのがそもそも珍しいというのもあるのだけれど、見方によっては音楽ライター的にも映る、印象を形容に換え重ねていくという論評の仕方は、春樹の書きもの全体の中でもかなり異質である。春樹の評論は、小説とは違って、基本的にソリッドなのだ。スガの歌詞については、たとえば音楽プロデューサーの松尾潔のように、「春樹チルドレン」と位置付け、春樹からの影響を見る向きもある（ウェブサイト「松尾潔のメロウな歌謡ＰＯＰ　第６曲目：スガ シカオ「愛について」（98年）」）。

春樹のスガ称賛の根底にあるのは、スガの音楽が、歌謡曲やＪポップの制度あるいは臭いといったものから徹底して逃れていることだ。「僕がヘッドフォンをかぶり、Ｊポップの新譜の海をかきわけるようにしてチェックしながらきわめてしばしば思うのは、「なんだ、どれだけ新しいコロモに包まれていても、結局のところ、中身は〝リズムのある歌謡曲〟じゃないか」ということである」。だがスガは違う。歌謡曲的なものの魔の手が忍び寄りやすいスローな曲になっても

「ずるずると「歌謡曲方向」に滑り落ちていかない」のだと。

近田春夫も早い時期にスガを高く評価した一人だが、「愛について」が8小節ループのコード進行で構成されていて、歌謡曲的なサビを意識的に避けていると指摘したあとこう書いている。「私は、常々、日本のポップスで一番遅れているのはサビの概念だと思っていた。そこに行くまで、どんなにストイックでも、サビに入った途端、バーッとハデにかつ超予定調和になってしまう。如何様にモダンな装いをほどこそうと、そのやり方は全くオールディーズ時代のポップスと一緒だからである（中略）。／スガシカオは、それをよくわかっていて、同じループを繰り返しながらも、聴くものを退屈させぬ曲作りをしている」（『考えるヒット2』）

コード進行に限定した話ではあるが、春樹と近田はスガについて、同じことを言い、同じところを褒めている。それは、「イ・ズィンブラ」以降のトーキング・ヘッズの試みと（ループとワンコードの差はあれど）本質は同じものである。

マイケル・ジャクソン「ビリー・ジーン」

005

収録アルバム：
『スリラー』
1982年

「スリラー」のPVに想を得た「ゾンビ」なんて短篇まで書いているのに、村上春樹はマイケル・ジャクソンに冷淡である。そして「ビリー・ジーン」ばかり起用する。

たとえば『ダンス・ダンス・ダンス』ではこうだ。暇を持て余した「僕」は、古代エジプトが舞台の、五反田君とジョディ・フォスターが恋に落ちる映画といった妄想に耽る。そこで2人の間にマイケル・ジャクソンが割って入る。「彼は恋ゆえにアビシニアからはるばる砂漠を越えてエジプトまでやってきたのだ。キャラヴァンの焚き火の前でタンバリンか何かを持って「ビリー・ジーン」を歌い踊りながら」

『1Q84』では、首都高で渋滞に捕まった青豆が非常階段から国道246号線に降りようとする冒頭のシーンで、「ストリップ・ショーのステージ」みたいな状況のBGMとして流される始末である。

「ビリー・ジーン」の歌詞はかなり身も蓋もない。「僕」がスクリーンから抜け出したような美女ビリー・ジーンの罠に

登場作品
『ダンス・ダンス・ダンス』
『ねじまき鳥クロニクル』
『1Q84』

はまり、彼女の子どもを認知させられるというストーリーなのだが、「気をつけなさい、嘘も本当になるから」という一節がある。このフレーズと『1Q84』のテーマには相関性があるようにも見えるので、両者を紐付けたくなるのだが、それはちょっと深読みにすぎるのではないかと思う。

ポイントはたぶん、『ダンス〜』の後半に登場する「マイケル・ジャクソンの唄が清潔な疫病のように世界を覆っていた」という表現にある。『ダンス〜』では80年代という時代が様々に形容されるが、そのひとつに、哲学が「ソフィスティケート」された時代というものがある。張り巡らされた資本の網によって、あらゆる価値が細分化・相対化され尽くした世界というほどの意味だ。「そういう世界では、哲学はどんどん経営理論に似ていった」。

「清潔な疫病」と「ソフィスティケートされた哲学」はほとんど同じことを言っている。そのような世界の象徴として「ビリー・ジーン」は選ばれているのである。

ジェネシス「フォロー・ユー・フォロー・ミー」

006

収録アルバム：
『そして３人が残った』
1978年

「ジェネシス――また下らない名前のバンドだ。／（中略）起源。／（中略）どうしてたかがロック・バンドにそんな大層な名前をつけなくてはならないのだ？」

「それって言い掛かりじゃ？」という批判も多い『ダンス・ダンス・ダンス』の中でも、最も気の毒な難癖をつけられているのはジェネシスだろう。ここで「僕」にディスられているのはむろん、ピーター・ガブリエルが脱退し、フィル・コリンズがリード・ヴォーカルにしてバンドの顔となった『そして3人が残った』（78年）以降の、ポピュラー色を強めた、つまり売れ線に変貌したあとのジェネシスである。

　ジェネシスのポップ路線がピークに達するのは、「インヴィジブル・タッチ」で全米1位を獲得する86年のことだ。『そして3人が残った』からのシングル「フォロー・ユー・フォロー・ミー」は、全米23位、全英7位止まりだったが、全米トップへの布石はこの曲から敷かれていた。フィル・コリンズがやけにさわやかに「僕は君についていくよ、君も僕

登場作品
『ダンス・ダンス・ダンス』
※ミュージシャン名のみ登場

についてきておくれ」と歌う他愛ないラヴソングで、それまでのファンからすればセルアウトもいいところである。もっとも路線を変えたと言っても全体として見れば、『そして3人が残った』は、複雑な構成にドラマティックな展開を備えた、まだまだプログレらしさを残したアルバムだった。

来たるべき80年代に向けて魂を売ったジェネシスである、『ダンス～』の「僕」が唾棄するのもむべなるかな……と結論づけたくなるのだけれど、実のところ話はもっとシンプルで、「僕」＝村上春樹がそもそもプログレをあまり好きでなかったというだけじゃないかという気がしないでもない。

ところで他にも似たようないちゃもんをつけられているバンドがある。「ヒューマン・リーグ。馬鹿気た名前だ。なんだってこんな無意味な名前をつけるのだろう」。「アダム・アント／なんという下らない名前をつけるのだろう」。うむ、こちらに関しては「僕」＝春樹の気持ちもわからなくはない。

ビリー・ジョエル「アレンタウン」

007

収録アルバム：
『ナイロン・カーテン』
1982年

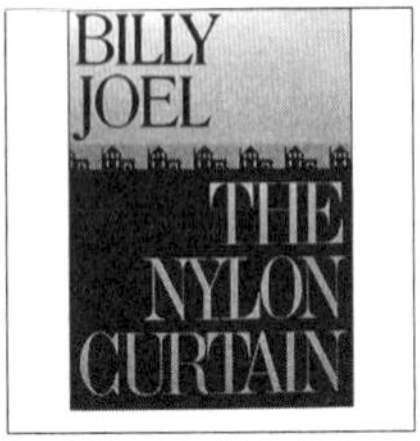

ビリー・ジョエルの人生は憂鬱だった。ハッスルズというニューロックのバンドでデビューしたが売れず、脱退したメンバーとアッティラという（なぜか）ヘヴィメタルのデュオを組むがやはり売れず、ソロに転じてアルバムを出せたと思ったらプロデューサーが勝手に手を加えていた上にまたしても売れずで、不遇をかこつあまり鬱病にかかった。

レコード会社を変えてからは順調で、『ストレンジャー』の1000万枚超えという特大ヒットでわが世の春を迎えるのだが、マネージャーとして支えてくれた奥さんとの仲がこじれ、あげくバイク事故で骨折して病院へ送られる始末だ。

『ナイロン・カーテン』は、入院中に病院のカーテンを眺めていてタイトルを思いついたという。無機質な質感に我が身を重ねたのかは知らないが、それまでとは打って変わって社会派な主題を押し出した作品になっている。オープニングの「アレンタウン」では不況で閉鎖された鉄工所とそこで働く労働者の絶望が歌われている。看板曲の「グッドナイト・サ

登場作品
「プールサイド」
（『回転木馬のデッド・ヒート』収録）

イゴン」ではベトナム戦争に送られた若い兵士たちの救いのなさが歌われている。このときビリーは30代半ば、転身の必要を見極めていたのかもしれない。

村上春樹の短篇「プールサイド」は、35歳になり、人生の折り返し点を曲がった、これで人生の半分が終わったと思う男の話である。その年齢にしては十分すぎるほど成功し、「何ひとつとして申し分ない」と思っているにもかかわらず、「彼」はラジオから流れる「グッドナイト・サイゴン」に涙をこぼす。だが「どうして自分が泣いているのか、彼には理解できなかった」。その前には「アレンタウン」がかかっていた。「彼」はどんな気持ちがするか確かめるために『ナイロン・カーテン』を買い求める。「どうしてビリー・ジョエルのLPなんて買う気になったの？」と訊ねる妻に「彼は笑って、答えなかった」。「彼」はビリーと同世代という設定である。作者が「彼」に『ナイロン・カーテン』を聴かせたのは気紛れではあるまい。カギは「憂鬱」だろう。

ヒューイ・ルイス&ザ・ニュース「ドゥ・ユー・ビリーブ・イン・ラブ」

008

収録アルバム:
『ベイエリアの風』
1982年

MTVの一角を象徴する、スタジアム・ロックの典型みたいなバンドで、『ダンス・ダンス・ダンス』の「僕」なら毛嫌いしそうなものなのに、村上春樹はヒューイ・ルイス&ザ・ニュースに好意的だ。作中へは『スプートニクの恋人』と『1Q84』に登場させたことがあるだけだが、『'THE SCRAP' 懐かしの一九八〇年代』には「僕はずっと個人的な声援を送りつづけている」と書いているし、『村上朝日堂スメルジャコフ対織田信長家臣団』ではヒューイ・ルイス―R.E.M.―ウィルコというラインが自分にとって80年代以降のアメリカ・ロックだとも言っている。

『スプートニクの恋人』にはこんなふうに登場する。25歳の「ぼく」は3歳下のすみれに強い恋情を抱いているが、すみれはミュウという年上の女性への激しい恋に落ちている。すみれはミュウと行ったギリシャで消息を絶つ。「ぼく」がすみれを思いつつ人妻の「ガールフレンド」と寝たあとにバーへ行くと、スピーカーから「懐かしい曲」として流れてくる。

登場作品
『スプートニクの恋人』
『1Q84』
※ミュージシャン名のみ登場

だが、彼らの曲がヒットしていたのは、ほんの「数年前のこと」だという。「懐かしい」というにはいささか近すぎる。「ついこの間まで、ぼくは間違いなく成熟への不完全な途上にいたが」いつしか終わり、今は「ひとつの閉じられたサーキットの中」にいて「同じところをぐるぐるとまわり続けている」と感じている。精神におけるその隔絶が「ぼく」に経年とは別種の懐かしさをもたらしているのだ。

この感慨には見覚えがある。「プールサイド」を収めた『回転木馬のデッド・ヒート』の「はじめに」に書かれていた、人生を規定する「システム」に対する無力感と同じものだ。さらにこの「システム」は、『ダンス～』で羊男が「意味なんてないけど、それでも踊り続けるしかないんだ」と喝破した「高度資本主義社会」と同質のものでもある。ヒューイ・ルイス&ザ・ニュースが活躍するのは80年代以降だが、精神性においては70年代までの「60年代的価値観」を引き継いでいることを、この「懐かしさ」は示唆しているのである。

サム・クック「ワンダフル・ワールド」

009

収録アルバム：
『ザ・ワンダフル・ワールド・オブ・サム・クック』
1960年

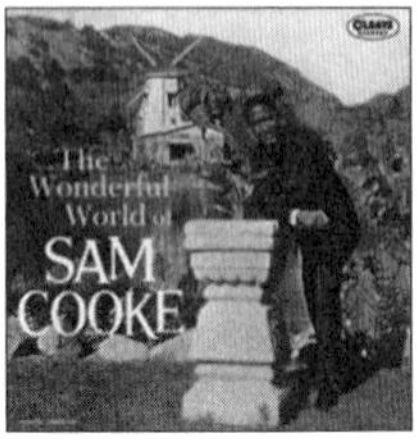

『ダンス・ダンス・ダンス』で、13歳の美少女ユキを連れているかホテルから東京へ戻ろうとした「僕」は、大雪に祟られ空港で4時間の足止めを食らってしまい、時間潰しと気分転換にレンタカーでユキとドライブに繰り出す。車中でユキは「僕」がレンタカー・オフィスで借りたオールディーズのテープに目を留め、聴きたいと言う。再生を開始すると、サム・クックの「ワンダフル・ワールド」が流れだす。
「いい歌だ。サム・クック。僕が中学三年生の時に撃たれて死んだ」
「ソウル・ミュージックの発明者」とも称えられるサム・クックが死んだのは1964年。ホテルに連れ込んだ女に逃げられて激昂、全裸に近い姿で管理人室に乱入して粗暴に振る舞い、恐怖を覚えた管理人の女性により射殺されたのである。
サム・クックはむろん「ティーン・エイジャーから小銭を巻き上げるためのゴミのような大量消費音楽」とは対極に位置する音楽として召還されているのだが、では「本物の素晴

登場作品
『ダンス・ダンス・ダンス』

らしい音楽」と称揚されているのかというとちょっと違う。「僕」もユキと同じ歳の頃は「ロックンロール。世の中にこれくらい素晴らしいものはないと思ってた」。でも今はその頃ほど「熱心に聴かない」し「感動しない」。昔は「つまらないものにも、些細なことにも心の震えのようなものを託することができた」がもはやそうすることができなくなったと言う。変わったのは時代ではなく、むしろ「僕」の精神だというわけだ。

だが、それでもサム・クックは特別な音楽として呼び出されている。

学校で習う科目を並べて、それらはよく知らないけど、僕は僕が君を好きなことは知ってるよと歌う、表面的には他愛ないラヴソングだ。だが、公民権運動にも関わっていたサムが「歴史のことをよく知らない」はずがない。実際この曲はルー・アドラーとハーブ・アルパートの定番コンビによって書かれたものだが、歌詞はサムによって改訂されている。

ボビー・ダーリン「ビヨンド・ザ・シー」

010

収録アルバム：
『That's All』
1959年

　ユキにせがまれてかけたオールディーズのテープの曲が変わるたびに「僕」は「バディー・ホリーも死んだ。飛行機事故」「ボビー・ダーリンも死んだ」「エルヴィスも死んだ。麻薬漬け」と畳み掛ける。「みんな死んだ」と。

「ビヨンド・ザ・シー」の流れるボビー・ダーリンだけ死因が書かれていない。73年に37歳で早世した彼の死は持病の心臓疾患によるもので、いわゆるロックスター、ポップスター的な死ではない。だが、ポップスを縦断するように生き急いだ彼の音楽キャリアは、ある面ではロックスターなどよりも「60年代的価値観」を体現したものだった。

　春樹はボビー・ダーリンをよく登場させる。渋い脇役のように控えめに。具体的には、『1973年のピンボール』『ダンス・ダンス・ダンス』『スプートニクの恋人』「ハナレイ・ベイ」（『東京奇譚集』収録）に名前を確認することができる。

　児童期にリウマチ熱を煩い心臓に爆弾を抱え25歳までしか生きられないと宣告されていたボビーは、25歳までに有名に

登場作品

『ダンス・ダンス・ダンス』
「ハナレイ・ベイ」
（『東京奇譚集』収録）

なると宣言し、23歳でミリオンセラーを3曲ものにして予言を実現させた。エンターティナーとして一世を風靡したイメージが強いと思うが、60年代には政治に傾倒しフォークやプロテスト・ソングへ興味を移した。ボブ・ディランと人気を二分しつつもひっそりと悲劇的な最期を迎えたソングライター、ティム・ハーディンの曲をカヴァーし、彼に曲を提供したりもしている。68年にはロバート・ケネディの大統領選挙戦に同行したのだが、その道中でロバートが暗殺される。前後して出生の秘密を知らされたボビーは、二重の衝撃に深く落ち込み隠遁してしまう。

70年代に入ると活動を再開したが、心臓は着実に悪化し人工心臓弁で延命をはかっている状態で、敗血症からの緊急手術後、意識を取り戻すことなく他界した。

2004年に生涯を描いた映画『ビヨンド the シー　夢見るように歌えば』が公開された。ケヴィン・スペイシーがボビーに扮し好演している。

R.E.M.「イミテーション・オブ・ライフ」

011

収録アルバム：
『リヴィール』
2001年

R.E.M.はアメリカのインディーズ・シーン、オルタナティブ・ロックを代表するバンドである。デビューは1983年。4thアルバム『ドキュメント』でインディーズながらミリオンを売り上げ、88年の5thアルバム『グリーン』からメジャーに移籍し、押しも押されもしないビッグネームになっていった。紹介される際には「カレッジ・チャートが生んだスター」とか「カレッジ・チャートの雄」といった形容が必ずのように添えられていたのを覚えている。2007年に「ロックの殿堂」入りを果たしたが、11年に解散した。

この原稿を書くのにSpotifyで彼らのディスコグラフィをさらったのだけれど、驚いたことにほとんどのアルバムが既聴だった。「おれ、こんなにR.E.M.聴いてたのか」と我ながら意外であった。どうにも捉えどころがない……と聴くたびに思いつつ、なんだかんだでずっと聴いてきたわけだ。

彼らが解散したとき、音楽評論家の高橋健太郎がTwitterで、R.E.M.の音楽は「レス・ミュージカル」なのだと評し

登場作品

『村上ソングズ』

ていて、「あ、そういうことか」と腑に落ちた。ビリー・ブラッグの言葉だそうだが、音楽的にフックになる要素が削ぎ落とされており、最終的にメロディーとアトモスフェアくらいしか印象を残さないというほどの意味だ。

『村上ソングズ』は春樹の気に入っている曲の歌詞の翻訳を遊び心で試みた本で、「長いあいだ僕のいちばん愛好するロック・バンド」だと言い、R.E.M.の「イミテーション・オブ・ライフ」を取り上げている。01年の『リヴィール』に収録されている曲だ。春樹は何度かR.E.M.に言及してきたが、小説に登場させたことはない。

愛好する理由を春樹は「このバンドの作り出す音楽には常にしっかりとした「核《コア》の」ようなものがあり、たとえ微妙にスタイルが変化していっても、そのコアが変質したり異動したりすることはない」と述べている。「レス・ミュージカル」とも通じる見解である。

レディオヘッド「キッドA」

012

収録アルバム：
『キッドA』
2000年

『海辺のカフカ』は15歳のカフカ少年が家出をするところから物語が始まる。家を出た彼は、レディオヘッド『キッドＡ』とプリンス『グレーテスト・ヒッツ』、ジョン・コルトレーン『マイ・フェイヴァリット・シングス』という、いささか不思議な取り合わせのディスクばかりを繰り返しＭＤウォークマンで聴いている。

家に帰りたくなかったカフカ少年は、学校が終わると図書館で時間を潰していた。本を読むほかに視聴ブースでＣＤも聴いた。「そこにあるものを右から順番にひとつひとつ聴いていった。僕はそのようにしてデューク・エリントンやビートルズやレッド・ツェッペリンの音楽に巡りあった」。

深夜バスで高松へ行き着いたカフカ少年の足はやはり図書館へ向かう。少年のＭＤウォークマンは録音もできる。レディオヘッド、プリンス、コルトレーンは高松で新たに録音したものかもしれない。

レディオヘッドは4枚目のアルバムである『キッドＡ』で

登場作品

『海辺のカフカ』

初の全米1位を獲得した。デビュー当初はグランジ、オルタナティブ・ロックと目されていたが、3rdアルバム『OKコンピューター』からポスト・ロック、エレクトロニカ的な音響の探求に向かい、『キッドA』ではさらに抽象的な音響が構築されている。レディオヘッドの最大の個性は、リーダーでヴォーカルのトム・ヨークの内向的な精神性にあり（偏屈とも言う）、『キッドA』はその個性がよく出たアルバムである。カフカ少年が聴く音楽として非常にしっくりくる。『海辺のカフカ』発売時には期間限定のホームページ「少年カフカ」が開設された。読者からのメールに春樹自身が答えるという主旨で、その数、実に1220通！　一部始終は村上春樹責任編集と銘打った書籍『少年カフカ』に収録されているが、ほんの2箇所に登場するだけなのに、レディオヘッドに反応した読者は多かった。春樹も『キッドA』について「すばらしいアルバムだったですね。もし僕が今15歳だったら、ずっとあれを聴いていると思うな」と書いている。

プリンス「セクシーMF」

013

収録アルバム：
『ラヴ・シンボル』
1992年

『海辺のカフカ』のカフカ少年は、レディオヘッド以上にプリンスをよく聴いているが、あまりしっくりとしない。どちらかと言えば唐突で浮いた印象が残る。

　具体的に登場するのは2曲。「リトル・レッド・コルベット」は、1982年にリリースされた2枚組アルバム『1999』に収録された曲で、シングル・カットされ、プリンス初となる全米トップ10入りを果たした。誰とでも寝る女を小さくて赤いコルベットに喩えたセクシュアルな楽曲だ。

「セクシーMF（マザー・ファッカー）」は、1992年の通称『ラヴ・シンボル』（タイトルが例のプリンス・マークで読めないためこう呼ばれる）に収録された楽曲で、シングルとしてもリリースされた。本来は侮蔑語、罵倒語である「マザー・ファッカー」を反転させ女性に対する称賛の言葉として使っているのだが、当然ながら批判を浴びた。

『海辺のカフカ』はエディプス神話を下敷きにしており、カフカくんはメタフォリカルな父殺しと母姦淫を犯す（あくま

登場作品

『海辺のカフカ』

でメタフォリカルに)。そういう少年が「セクシーMF」を聴いているというのは、春樹の選曲としてはずいぶん安直に映る。

カフカ少年はプリンスを『グレーテスト・ヒッツ』で聴いているという設定だが、こういうタイトルのベスト盤は存在しない。上記2曲が収録されているベスト盤としては、この小説の発表当時には、『ザ・ヒッツ』と『ザ・ヒッツ&Bサイド・コレクション』(ともに93年)の2枚があっただけだ。音楽とそれにまつわるディテールについて注意深い取り扱いをしてきた春樹だけに、プリンスに関しては適当さが目についてしまうのである。

『海辺のカフカ』は、作者の分身的でない主人公を据えた初めての長篇で(『スプートニクの恋人』の「ぼく」にはまだ残滓があった)、この作以降、音楽の選択と役割も変化していく。プリンスというチョイスはその端境で浮上したブレのように見える。

シェリル・クロウ「オール・アイ・ワナ・ドゥ」

014

収録アルバム：
『チューズデイ・ナイト・ミュージック・クラブ』
1993年

『意味がなければスイングはない』で春樹は、アルバムが出たら必ず買う「定点」としているシンガーやバンドを数組挙げていて、そのうちの一人にシェリル・クロウがいる。小説に登場させることはずっとなかったが、最新作『騎士団長殺し』の冒頭に、妻から離婚を切り出されて家を出た「私」が当て所なく車を走らせているときにカー・ステレオをつけたら、たまたま彼女のデビュー・アルバム『チューズデイ・ナイト・ミュージック・クラブ』が入っていたというシーンがあった。

シェリル・クロウへ最初に言及したのは、ケンブリッジに滞在した1993年から95年にかけての日々をつづったエッセイ『村上朝日堂ジャーナル　うずまき猫のみつけかた』でのことで、まず「最近よく聴いている」と紹介し、後半でもう1度話題にしている。

今ではよく知られたエピソードだが、2ndシングルとしてカットされた「オール・アイ・ワナ・ドゥ」の歌詞は、デ

登場作品
『騎士団長殺し』
※アルバム名のみ登場

ビューを控え「いい詞はないか」と探していたシェリル・クロウが、カリフォルニア州の古本屋で手に取った詩集に「これだ！」と見つけたものだった（プロデューサーが見つけたという説もある）。その詩人のインタビューを新聞記事に見かけたというのが話題の中心である。

「彼がずいぶん以前に自分の詩集に入れて発表した詩なのだが、その詩集は彼の言葉によれば「世界中で僕以外にはたぶん誰も読まなかった」そうである。そしてもちろん評判になることもなく、そのままどこかに消えてしまった」

　春樹は名前を挙げていないが、この詩人はワイン・クーパーという人で、詩集のタイトルは『The Country of Here Below』、詩の原題は「Fun」である。87年に出版した彼のこの処女詩集は500部しか刷っていなかったそうだ。シェリル効果で数週間で前年の年収分の金額が入ってきたが、詩集が大手出版社から再版されたりといったことはなかったようである。そんなものなのですね。

デュラン・デュラン「リフレックス」

015

収録アルバム：
『セヴン＆ザ・ラグド・タイガー』
1983年

登場作品
『世界の終りとハードボイルド・ワンダーランド』
『ダンス・ダンス・ダンス』
『騎士団長殺し』
※ミュージシャン名のみ登場

『騎士団長殺し』を読んでいたらデュラン・デュランが登場して、まだ出すかと笑ってしまった。

「私」が雨田政彦のボルボに同乗するシーン。政彦がカセットで「一九八〇年代のヒットソング」をかける。

「デュラン・デュランとか、ヒューイ・ルイスとか。ＡＢＣの「ルック・オブ・ラブ」がかかったところで、私は雨田に言った。／「この車の中は進化が止まっているみたいだ」」

デュラン・デュランの春樹作品への登場歴は古く、『世界の終りとハードボイルド・ワンダーランド』ですでに執拗にいじられている。抜き差しならない状況の「私」の脇を、脳天気なカップルがスカイラインで走り抜ける。カー・ステレオで、まるで馬鹿の象徴のように鳴るのがデュラン・デュランだ。『ダンス・ダンス・ダンス』にも当然出てくる。「想像力の欠如したデュラン・デュラン」と斬って捨てて終わりだ。しかし、ボーイ・ジョージの扱いの酷さに比べれば、デュラン・デュランはまだマシなのである。

カルチャー・クラブ「君は完璧さ」

016

収録アルバム：
『キッシング・トゥー・ビー・クレヴァー』
1982年

登場作品
『ダンス・ダンス・ダンス』
※ボーイ・ジョージの名前のみ登場

『ダンス・ダンス・ダンス』では80年代洋楽がクソミソに言われているが、中でも念入りになぶられているのがカルチャー・クラブのボーイ・ジョージだ。拘留を解かれ出てきた「僕」はユキに「警察は楽しかった？」と聞かれてこう答える——「ボーイ・ジョージの唄と同じくらいひどかった」。「お姫様」と呼ばれたことに憤慨したユキは「僕」に2度とそう呼ばないでと詰め寄る。「僕」は素直にうなずくのだが謝罪の言葉はこうだ——「ボーイ・ジョージとデュラン・デュランに誓って約束する」。ユキを励ますときだってこうだ——「ボーイ・ジョージみたいな唄の下手なオカマの肥満児でもスターになれたんだ。努力がすべてだ」。

全体に調子に乗るあまり滑り気味の『ダンス～』だが、ボーイ・ジョージいじりはちょっと悪乗りしすぎである。作者もそう思ったのだろう、ユキの口を借りて「どうしてそんなにボーイ・ジョージばかり目のかたきにするのかしら？」と自身に突っ込みを入れる始末なのだ。

ブラック・アイド・ピーズ「ブン・ブン・パウ」

017

収録アルバム：
『ジ・エンド』
2009年

登場作品
「女のいない男たち」
（『女のいない男たち』収録）
※ミュージシャン名のみ登場

こんな本（本書のことです）を作っているくらいだから、春樹の新作を読むときには出てくる音楽をメモるのがなかば手続きになっているのだが、『女のいない男たち』は最後の最後に「へえ」と思わされた。短篇集を締める表題作にゴリラズとブラック・アイド・ピーズ（以下ＢＥＰ）という意外な名前が登場したからだ。

　文脈はこうだ。「僕」のところに知らぬ男から妻が死んだという電話が来る。エムと呼ばれる彼女はかつて「僕」が恋に落ちた女性で、現実にはそうではなかったが、14歳で出会うべき女の子だった。「僕」はエムを深く愛し2年間付き合って別れ、そして「僕」は「女のいない男たち」になった。エムはパーシー・フェイス・オーケストラなど「エレベーター音楽」を愛しており、ドライブやセックスのときにもその種の音楽のカセットをかけた。エムを失った「僕」はエレベーター音楽も失い、今では車を運転するときには、カセットでなくｉＰｏｄでゴリラズやＢＥＰをかけている。

ゴリラズ「フィール・グッド・インク」

018

収録アルバム：
『ディーモン・デイズ』
2005年

登場作品
「女のいない男たち」
（『女のいない男たち』収録）
※ミュージシャン名のみ登場

ゴリラズは元ブラーのデーモン・アルバーンを中心人物とする覆面音楽プロジェクトで、アニメ・キャラクターをヴィジュアルに立てたヴァーチャル性を特徴とする。実験意識というよりお遊びから始まったプロジェクトだったのだが、これがブラーより売れてしまったのだった。音楽性としてはヒップホップをベースとするミクスチャーだ。

ブラック・アイド・ピーズはヒップホップ・ユニットだがポピュラリティを旨としており（要するに売れ線である）、日本でのキャッチフレーズは「猿でもわかる○○」だった。なかなか酷いコピーである。

春樹は最近この2グループを気に入っているそうで、2015年に期間限定で開設されたサイト「村上さんのところ」で、「好んで聴く若手バンドはあるか」というファンの質問に両者が「わりに好きです」と答えていた。ゴリラズは07年の『走ることについて語るときに僕の語ること』でも「伴走音楽」に好ましいと挙げられている。

サザンオールスターズ「イエローマン〜星の王子様〜」

019

収録シングル：
「イエローマン〜星の王子様〜」
（アルバム収録なし）
1999年

登場作品
『アフターダーク』
※ミュージシャン名のみ登場

期間限定で開設されたサイト「村上さんのところ」には、3万7千通あまりの質問メールが届き、3716問に春樹本人が回答した。質問のひとつに、サザンオールスターズが反日的だと批判されていることをどう思うかというのがあった。「ピースとハイライト」へのバッシングの件だ。

春樹の回答は、一般論だがと前置きした上で「どんな日本人にもある意味において、ある部分において「反日」になる権利くらいはあるんじゃないかと思います」というものだった。リベラルな個人主義者の春樹なら当然の答えではある。

サザンにはいかにも興味なさそうな春樹だが、2度ほど作品に登場させている。超短篇集『夜のくもざる』の「コロッケ」に「いとしのエリー」が登場する。

『アフターダーク』ではコンビニで「サザンオールスターズの新曲がかかっている」。時期的に「イエローマン〜星の王子様〜」だろうか。どちらも本当にどうでもいいような使われ方である。やっぱり興味ないのでしょうね（笑）。

B'z「ultra soul」

020

収録アルバム：『GREEN』2002年

登場作品

「ハナレイ・ベイ」（『東京奇譚集』収録）
※ミュージシャン名のみ登場

B'zの稲葉浩志は読書家で、ファンクラブ会報誌などでおすすめの本を紹介している。ジャンルは様々だが比較的文学が多く、春樹訳のレイモンド・カーヴァー『愛について語るときに我々の語ること』なども挙がっている。村上春樹も愛読しているようだ。一方、B'zには興味のなさそうな春樹だが、1度だけ作品に登場させたことがある。短篇集『東京奇譚集』の「ハナレイ・ベイ」でのこと。

ハワイのハナレイ湾でサーファーの息子を鮫に殺された女の話だ。彼女サチはそれ以来、毎年ハナレイを訪れ過ごすようになる。彼女はピアノ・バーを経営している。ピアノに天賦の才があり、ハナレイのレストランでもときどき弾いていた。ある日、困っているところを助けた日本人の若者サーファー2人組がその店にやってきた。彼女のピアノに驚いて2人は訊ねる。「ビーズの曲とか知ってます？」。

彼女はこう答える。「知らないよ、そんなもん」。

それだけである。ま、やっぱり興味がないのでしょうね。

ロック

〜手の届かない場所へ

エルヴィス・プレスリー「ラスヴェガス万歳！」

021

収録アルバム：
『エルヴィス75～グレイテスト・ヒッツ75』
1964年

「ラスヴェガス万歳！」は、エルヴィス・プレスリーが１９６４年に主演した同名映画の主題歌。ヒロインを務めたアン・マーグレットとのロマンスも話題となり映画はヒットしたが、レコードは全米29位と振るわなかった。『色彩を持たない多崎つくると、彼の巡礼の年』では、主人公・多崎つくるが再会した旧友・アオの持つ携帯電話から着信メロディーで「ラスヴェガス万歳！」が流れる。ラスヴェガスに行った際にルーレットで勝ったときのＢＧＭだったため、お守り代わりに着メロにしているというアオ。彼はこの曲の魅力について、「何かしら意外性というか、人の心を不思議に打ち解けさせるものがあるんだよ。人を思わず微笑ませるというかね」と話す。

評論「用意された犠牲者の伝説――ジム・モリソン／ザ・ドアーズ」（『海』１９８２年７月号）で村上春樹は、「エルヴィス・プレスリーがハリウッドの中に沈没し、バディ・ホリーが死に、チャック・ベリーとリトル・リチャードがそ

登場作品

『色彩を持たない多崎つくると、彼の巡礼の年』

の責務を終えた場所からディランは出発した」と書いている。この立ち位置の認識は小説にも反映されている。ボブ・ディランやビートルズなど60年代に活躍した面々が存在感を放つ村上作品で、50年代にロックンロール・ブームを巻き起こしたあと、60年代は俳優としての活動が主だったエルヴィスの存在感は薄い。それでも、エルヴィスをどう思うかという読者からの質問（『村上さんのところ』）に、小学生のとき「ハウンドドッグ」「冷たくしないで」の入ったシングル盤を聴いた衝撃はビートルズ以上だったと答えているように思い入れはある。エルヴィスの曲が出てくる小説には、彼のキャリアや音楽を下敷きにしていると思える場面も少なくない。

たとえば『ダンス・ダンス・ダンス』で、「ロカフラ・ベイビー」でも歌い出しそうな役が似合いそうだと主人公「僕」に評される、俳優の五反田君。医者や教師など真面目な役しか与えられないと不満を漏らす五反田君に、演技派を志しながら娯楽映画にばかり出演させられた、エルヴィスの苦悩が重なる。

『色彩を持たない多崎つくると、彼の巡礼の年』にも、エルヴィスの影は見える。主人公のつくるは突然理由もわからないまま、高校時代の友人たちのグループから遠ざけられた過去を持つ。エルヴィスにも、それに近い経験がある。黒人への差別的な発言をしたと覚えのないデマを流され、エルヴィスのことを支持してきた黒人層の人気が一気に落ち込んでしまったのだ。否定しても世間の疑惑の消えないエルヴィスを救ったのは、音楽だった。68年に特別テレビ番組「エルヴィス」で差別のない世界を願うメッセージソングを歌うことによって、彼につきまとう悪い噂は打ち消されていく。

一方、つくるの拠り所となるのは、鉄道会社の設計部門で働く彼の仕事場である「駅」だ。駅に列車が到着し人々が降りてくる様子を眺めるだけで、つくるは満ち足りた気持ちになれた。前田絢子『エルヴィス、最後のアメリカン・ヒーロー』によると、エルヴィスが影響を受けレパートリーにもしたゴスペル、その源流であるニグロ・スピリチュアルの歌詞には、汽車がよく出てくる。そこには、今の状況から逃れたいという黒人奴隷の願望が託され、かつてアメリカの奴隷たちの逃亡を支援する組織と手段は、鉄道の旅になぞらえられてもいた。駅はそこで「隠れ家」を意味している。

苦い過去を引きずり、心を閉ざしたままのつくる。恋人の沙羅が「そろそろ乗り越えてもいい時期に来ているんじゃないかしら?」と、旧友たちとの再会を勧めるところから物語は動きだす。つくるがフィンランドに移住した同級生・クロを訪ねる途中に立ち寄ったイタリア料理店で、アコーディオン弾きはエルヴィスの「冷たくしないで」を歌う。主人公の表には出さない心境をこの曲が暗示しているのだと思うと、心細さが想像できて微笑ましくなるし、エルヴィスの曲はここでも人の心を打ち解けさせてくれる。

ボブ・ディラン「ライク・ア・ローリング・ストーン」

022

収録アルバム：
『追憶のハイウェイ 61』
1965 年

　2016年にノーベル文学賞を受賞したボブ・ディランだが、本人にもなぜ音楽家の自分がという思いはあったようだ。文芸誌『MONKEY vol.13』に掲載されている受賞記念講演（柴田元幸訳）の内容は、自身の歌が文学とどう関係があるのかを考察するものだった。

　バディ・ホリーの音楽との出会いに始まり、昔のフォークアーティストから学んだことを語り、中学生のときに読んだ『白鯨』『西部戦線異状なし』『オデュッセイア』の内容を解説しながら、作ってきた曲が古典文学から受けた影響を挙げていく。それでも「歌は文学とは違います。歌は歌われるものであって、読まれるものではありません」と文学扱いされることを拒み、「聴かれるために書かれた歌詞を、その意図どおりに聴いてもらえればと思います」と釘を刺すのが、他人のレッテル貼りを嫌うディランらしい。そして彼のこうした要望に小説で応えていたのが、何を隠そう村上春樹なのである。

登場作品

『世界の終りとハードボイルド・ワンダーランド』

4作目の長篇『世界の終りとハードボイルド・ワンダーランド』では物語の終盤、レンタカーを借りた「私」がレコード屋で購入したボブ・ディランのカセットを車内でかける。すると、オリジナルアルバムではなく編集版なのか、初期の名曲が次々と流れてくる。主人公がディラン好きという情報だけ読み取れば済む場面ではある。でも村上作品を堪能したいなら、それではもったいない。村上はボブ・ディランの歌を曲解することなく、見事に小説に取り込んでいるのだから。

中でも印象的なのが、「ライク・ア・ローリング・ストーン」が流れてくるタイミングの絶妙さだ。ディランがフォークからロックに転向した時期を代表する1曲は、上流階級から転落したミス・ロンリーの境遇を歌いながら、サビで「どんな気がする」と帰る家もない彼女に問いかけている。「私」をめぐる状況はミス・ロンリーに負けず劣らず悲惨なものだった。老博士の開発した「世界が終わる」システムをめぐる争いに巻き込まれた。謎の組織に家の中を滅茶苦茶に破壊された。暴力も受けた。洞窟を冒険する破目となり、脱出した今も我が身に危機が迫っていた。しかもバツイチ。なのに、革命活動家の男と結婚した知り合いのことをぼんやりと思い出している。人のことを気にするより、自分のことを考えろと言いたくなる。そんな最中に、「どんな気がする」と尋ねる「ライク・ア・ローリング・ストーン」が流れてくる。

この曲の全貌に迫ったノンフィクション『ライク・ア・ローリング・ストーン』で著者のグリール・マーカスは、「どんな気がする」と問われているのはミス・ロンリーだけではないのだと解釈している。「昔々」とおとぎ話風に始まる歌詞は、ここで歌われることがいつの時代にも起こり得る普遍的な話なのだと暗示する。さらに6分に及ぶ長い曲の中で彼女の人生を追体験した聴き手は、自分がディランに「どんな気がする」と聞かれているように思い始める。そして選択を迫られる。不確かな未来へ進むのか、それとも過去に囚われたままでいるのかと。

『世界の終りとハードボイルド・ワンダーランド』の「私」がどんな気分かといえば、至って穏やかだ。図書館で知り合った女性とのデートまで時間を潰そうと、車を降りて雨あがりの街を散歩し始める。「私は私自身以外の何ものかになることはできないのだ」と、絶望的な状況で「私」は生き延びる方法を探すことも悲しみに暮れることもない。これまでの人生と同様、何もしないことを選択する。

長い物語を通じて「私」の人となりを知る読者にとっては、その選択が何とも彼らしいものに映るはずだ。でもそれで本当によかったのか、自分ならどうしていたか、頭の中に浮かぶ疑問は物語が終わったあとも消えることはない。その余韻のＢＧＭにも「ライク・ア・ローリング・ストーン」がぴったりくる。

ビートルズ「ノルウェーの森」

023

収録アルバム：
『ラバー・ソウル』
1965年

ビートルズ6枚目のアルバム『ラバー・ソウル』は初めて収録曲をオリジナル曲のみとし、本国イギリスだけでなくアメリカでも発売9日間で120万枚を売り上げる大ヒットとなった。ビーチ・ボーイズのブライアン・ウィルソンはこのアルバムに影響を受けて、のちに名盤『ペット・サウンズ』を制作している。

2曲目に収録されている「ノルウェーの森」は、ジョン・レノンが愛人との情事を妻・シンシアにばれないよう遠まわしに歌詞の中で描いた1曲。ジョージ・ハリスンがインドの弦楽器シタールを弾き、この曲の代名詞となる印象的なソロフレーズを加えている。大ベストセラーとなった長篇『ノルウェイの森』（作中では曲名も「ノルウェイの森」と記載されている）では、タイトルとして引用されているだけでなく、作中でテーマ曲の役割も担う。ただし、登場の仕方はかなりユニークだ。主人公の「僕」が曲のオリジナルを聴く場面は、作中で1度も出てこないのである。

登場作品

『ノルウェイの森』

まずは物語の冒頭、「僕」が乗る飛行機の着地後にBGMでオーケストラ版「ノルウェーの森」が流れる。そのメロディーに「僕」は激しく動揺し、「自分がこれまでの人生の過程で失ってきた多くのもののこと」を思い返す。たとえばそれは今から20年近く前の1969年、初めてセックスをした翌日に姿を消した大学時代の恋人・直子のことであり、直子と入れ替わるように「僕」の前に現われた同じ大学に通う女の子・緑にまつわることだ。思いを寄せる2人の女性の間で揺れ動いていた頃の話を、37歳の主人公が書き留める設定は、曲の歌詞ともリンクしている。

次に登場するのは、精神を病んで施設に入っていた直子のもとへ、「僕」が見舞いに訪れた場面。ルームメイトの女性・レイコさんは直子のリクエストで「ノルウェーの森」を弾くが、曲はやがて恋人が好きだったという以上の意味を持つようになる。

最後に登場するのは、「僕」の自宅をレイコさんが訪れたときのこと。再び姿を消してしまった直子のために、彼女の好きだった「ノルウェーの森」をはじめとする曲を次々と演奏するレイコさんは、選曲のセンスを分析までする。「最後までセンチメンタリズムという地平を離れなかったわね」という言葉に、60年代＝青春時代を引きずり大人になりきれずに死んでいった初期作品の登場人物「鼠」を思い浮かべたくもなる。

　だが村上は「死」「時代」といった過去作でのテーマを匂わせつつも、「ノルウェーの森」をあくまで「僕」個人の恋愛を象徴する音楽として使う。彼が本作につけたキャッチコピー「１００パーセントの恋愛小説」に嘘はないのだ。

　50曲目にこの日2度目となる「ノルウェーの森」を弾き、おまけにバッハのフーガを弾いたレイコさんは「僕」に「ねえ、ワタナベ君、私とあれやろうよ」と提案。２人は一夜限りのセックスに及ぶ。演奏を終えた満足感なのか、恋愛感情なのか、そこにはどんな思いがあったのか。そして、物語の冒頭に立ち返り、推理せずにはいられない。「僕」がオーケストラ版の「ノルウェーの森」から思い浮かべたのはジョージ・ハリスンの弾くシタールではなく、レイコさんの弾くギターであったに違いない。そこで抱いた感情とは、直子への変わらぬ愛情なのか、直子以外の女性にも恋をした罪悪感なのか。どう解釈するかによって物語の景色は一変するし、読み込むほどに謎は深まる。

本作の原題「Norwegian Wood」は「ノルウェーの森」ではなく「ノルウェイ製の家具」を指すのではないかと、刊行後に誤訳が指摘されている。エッセイ「ノルウェイの木を見て森を見ず」（『村上春樹雑文集』収録）で、「Norwegian Wood」とは「よくわけはわからないけれど、すべてを押し隠す曖昧模糊とした深いもの」なのだと定義し、森の方が「いずれにせよ素敵な題じゃないですか」と結論付けた村上春樹。小説の中身も「僕」が緑に愛を告白して、いずれにせよ素敵な結末にはなっている。

ドアーズ「ライト・マイ・ファイア」

024

収録アルバム：
『ハートに火をつけて』
1967年

デビュー・アルバム『ハートに火をつけて』からの第2弾シングル「ライト・マイ・ファイア」は3週連続全米チャート1位となり、ドアーズは一躍人気バンドの仲間入りをする。作詞作曲の大部分をギタリストのロビー・クリーガーが担当。教会音楽風でどこか妖しげな印象もあるオルガンのフレーズ、ジャズの影響を受けた長い間奏（シングル版では大幅に短縮されている）、そこに扇情的なジム・モリソンのヴォーカルが加わることで唯一無二のロックナンバーとなっている。

村上春樹は1983年に書いたエッセイ「ジム・モリソンのソウル・キッチン」（『村上春樹雑文集』収録）で、この曲の邦題「ハートに火をつけて」が明るすぎると指摘している。根拠となるのは、ジム・モリソンの村上曰く「本質的にはアジテーターだった」人生である。1943年にアメリカ海軍の軍人の長男として生まれ、大学でドアーズを結成すると型破りなロックスターに変身。酒とドラッグに溺れ、聴衆のみならず自分の精神まで煽動する男が歌う曲に、「ハートに火

登場作品
「午後の最後の芝生」
（『中国行きのスロウ・ボート』収録）

をつけて」なんて受身な言葉は似合わないと考えたわけだ。

しかしジム・モリソンは1969年にステージ上で自慰行為を見せたとして逮捕されると、求心力は低下。急激に肥満し、相変わらず自暴自棄な行動も目立つ中、27歳のときに滞在中のパリで原因不明の死を遂げる。そんなジム・モリソンの短くも鮮烈な人生と対照的なのが、村上春樹の作家としての姿勢だ。自伝的エッセイ『職業としての小説家』で村上は、小説を書くのに必要なのは「継続的な作業を可能にするだけの持続力」だとし、それを身につけるには基礎体力が必要だと説く。本人も専業作家となってから30年以上、ランニングもしくは水泳を毎日の生活習慣としている。

持続力は、小説を書くための手段であるだけではない。倫理学者・大庭健の著書『私という迷宮』に寄せた文章「自己とは何か（あるいはおいしい牡蠣フライの食べ方）」（『村上春樹雑文集』収録）では、生業とする文学の意義に「継続性」を挙げている。「戦争や虐殺や詐欺や偏見を生み出しはしなかった。逆にそれらに対抗する何かを生み出そうと、文学は飽くこともなく営々と努力を積み重ねてきた」のであり、「僕が今こうしてやっていることは、古来から綿々と引き継がれてきたとても大切な何か」だという。さらに「継続性とは道義性のことでもあるのだ。そして道義性とは精神の公正さのことだ」ともいう。

1982年発表の短篇「午後の最後の芝生」(『中国行きのスロウ・ボート』収録)は、そんな村上春樹の文学観が投影された作品だ。「僕」は今から14、5年前の「ジム・モリソンが「ライト・マイ・ファイア」を唄った」時代を回想する。その頃の「僕」は芝刈りのアルバイトをしていた。だが恋人に振られ、彼女との旅行代を稼ぐという目標を失うと、バイトを辞めることにする。最終日の仕事は、アルコール中毒気味の女性が住む家の庭の芝刈り。いつものように時間をかけて丁寧に芝生を刈るとビールを勧められ、家の中に招かれて彼女の人生の暗部まで見せられた「僕」。彼女がそこまで

「僕」を信用した理由とは、「芝生がすごく綺麗に刈れてたから」だった。

芝生にこだわりを持つのは彼らだけではない。初期三部作で主人公「僕」の友人として登場する「鼠」は、1970年に大学を辞めた理由をこう語る。「中庭の芝生の刈り方が気に入らなかったんだ」（『1973年のピンボール』）。実際に退学した理由とは、時期的に学生運動の挫折だと考えられる。

3作目の長篇『羊をめぐる冒険』で「鼠」は、大学を辞めて8年が過ぎても自分の居場所も生きる目的も見つけられずにいる。その孤独な姿は、ジム・モリソンの姿と重なるものがある。一方、ひとつの時代の終わりを見届けながら生き続けることを選択した「僕」の姿勢には、村上春樹の考える継続性が息づいている。

ボブ・ディラン「寂しき4番街」

025

収録アルバム：
『ボブ・ディランのグレーテスト・ヒット』
1967年

ボブ・ディランが「ライク・ア・ローリング・ストーン」をヒットさせた1965年当時、フォーク界では彼のロック転向に否定的な声も多かった。社会派シンガーとしてのディランを支持する人々にとって、大衆に媚びを売る下品なロックを歌うことが裏切り行為にみえたのだ。

その年にシングルでリリースされた「寂しき4番街」は、ディランの伸びやかなヴォーカルが明るい印象を与える。ところが歌詞は辛辣。友だち呼ばわりなんて図々しい、俺の靴の中身になって、どれだけ足を引っ張っているか知ってみろなどと、わからず屋や日和見主義者たちを痛烈に批判している。

『世界の終りとハードボイルド・ワンダーランド』では、理不尽な出来事が続き愚痴のひとつもこぼしたいだろう「私」の気持ちを、レンタカーのスピーカーから流れる「寂しき4番街」（作中では「ポジティヴ・フォース・ストリート」表記）が代弁しているようにもみえる。応対していたレンタ

登場作品

『世界の終りとハードボイルド・ワンダーランド』

カー事務所の女の子は、車内から流れてくるこの曲を聴いて「これボブ・ディランでしょ？」と「私」に尋ねる。彼女は声が特別だからわかったと話し、「まるで小さな子が窓に立って雨ふりをじっと見つめているような声」と表現する。

デビュー当初から海外文学の影響を受けたオリジナルの文体を確立しながら、文壇の評価を集められず、芥川賞も受賞できずに終わった村上春樹。彼にとって声にオリジナリティーを持ち、批判にひるむことなく作風を変えてきたボブ・ディランは共感できる存在だったに違いない。

『職業としての小説家』で村上は、表現者のオリジナルの定義として独自のスタイルと、それを成長させる自己革新力と、時間の経過とともにスタイルが評価されてスタンダード化することの3点を挙げる。その一例として、ロックに転向した頃のボブ・ディランも取り上げられている。

ボブ・ディラン「風に吹かれて」

026

収録アルバム：
『フリーホイーリン・ボブ・ディラン』
1963年

村上作品の主人公は、感情を表に出すことがあまりない。嫌なことがどれだけあっても、感情の爆発をぎりぎりまで抑えて淡々と生きている。『世界の終りとハードボイルド・ワンダーランド』の「私」もそうだった。が、物語の終盤、彼は心の揺らぎを感じる。哀しみや孤独感を超えた感情のうねりが、「私」を襲ってきたのだ。しばらくして目を閉じてみると、動揺は収まっていた。やがて「私」の乗る車のステレオから、ボブ・ディランの「風に吹かれて」が流れてくる。

ピーター・ポール&マリーによるカヴァーが1963年に全米2位を記録した「風に吹かれて」の歌詞は、極めて抽象的だ。どれだけ道を歩けば、一人前の男と認められるのか？　いくつの海を飛びこえれば、白い鳩は砂浜で安らげるのか？　何回弾丸の雨が降れば、武器は永遠に禁止されるのか？　1～3番でそれぞれ3つの問いが出され、最後はすべて、答えは風に舞っていると締められる。

「私」は、目に映る世界とそこに住む人々について考えてみ

登場作品

『世界の終りとハードボイルド・ワンダーランド』

る。たとえばそれは平等に降り注ぐ太陽の光であり、ここ数日の間に出会った博士と孫や図書館の女の子や、ロック好きのタクシー運転手のことである。「私」は残された時間を自分のためではなく、彼らへ祝福を送るために費やすことにする。

「私」の最大の理解者である読者は、彼の行動や特別だと思う景色に共感はできても、どんな心境の変化があったのかまで知ることはできない。「風に吹かれて」と同様、いくつも答えを当てはめられる余白が、「私」というキャラクターと作品に魅力的な謎を残したまま物語は閉じていく。

登場人物の心理を描ききらないことで、様々な解釈が可能な読者の自由度の高い物語とする手法は、ミステリー作家レイモンド・チャンドラーの影響を強く受けている。チャンドラー『ロング・グッドバイ』の新訳を村上春樹は担当したが、作品と訳者解説を読めば構造が詳しくわかるはずだ。

ビーチ・ボーイズ「サーフィンU.S.A.」

027

収録アルバム：
『サーフィンU.S.A.』
1963年

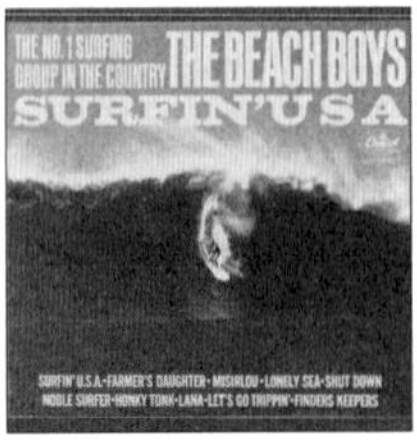

『ダンス・ダンス・ダンス』において描かれる「死」と「時代の変化」は、選曲でも強調されている。主人公の「僕」は、ドルフィン・ホテルで出会った少女・ユキとのドライブ中に、オールディーズの入ったカセットをかける。「まずサム・クックが「ワンダフル・ワールド」を歌った。（略）サム・クック、僕が中学三年生の時に撃たれて死んだ。バディー・ホリー「オー・ボーイ」。バディー・ホリーも死んだ。飛行機事故」という具合に、「僕」は懐かしいロックンロールを聴きながらなぜか死を連想してしまう。

やがてカー・ステレオからはビーチ・ボーイズの「サーフィンU.S.A.」が流れてくる。50年代にアメリカで大流行したロックンロールは60年代が近づくと、主要なミュージシャンの死やエルヴィス・プレスリーの兵役による活動休止が重なり、勢いを失う。その後、サーフ・ミュージックの盛り上がりと共に頭角を現したのがビーチ・ボーイズだった。1963年のヒット曲「サーフィンU.S.A.」はチャック・

登場作品
『ダンス・ダンス・ダンス』

ベリー「スウィート・リトル・シックスティーン」が元ネタだが、ブライアン・ウィルソンの手にかかれば単なるロックンロールのコピーでは終わらない。ヴォーカルを2回以上録音して重ね、人工的ではない音響を生み出す。歌詞にはサーフィン・スポットを並べて、サーフ・ミュージックらしさを演出。サビでの"inside outside U.S.A."と歌われるコーラスは、真似したくなること請け合いだ。

「僕」はユキと一緒にコーラスをつけながら「サーフィンU.S.A.」を楽しく歌う。だが、物語の舞台となる1983年の段階でビーチ・ボーイズも死と無縁ではなく、迷走状態だった。ドラムのデニス・ウィルソンはアルコール依存症が酷く、12月には酩酊したまま海に飛び込み溺死。ブライアン・ウィルソンは、一時休養するほど心身が不安定な状態。メンバー間のトラブルも絶えず、新作を出すのもままならなかった。

ビーチ・ボーイズ「ファン・ファン・ファン」

028

収録アルバム：
『シャット・ダウン Vol.2』
1964年

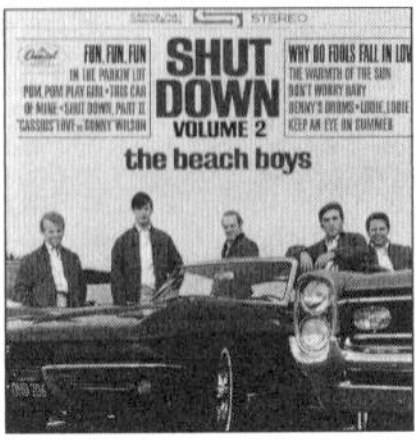

「ファン・ファン・ファン」は「サーフィンU.S.A」と同じくチャック・ベリー風のギターではじまる、当時流行だったカーソングの傑作。父親の車を乗り回していた女の子は、ばれてキーを取り上げられる。そこで男が登場して彼女を口説こうとする筋立ての歌詞で、アメリカの若者にとっての憧れである、車や恋の駆け引きをめぐる物語が描かれていた。

『ダンス・ダンス・ダンス』の「僕」と友人の五反田君が、ドライブ中に展開するビーチ・ボーイズ談義。そこで五反田君は中学生の頃に聴いた「ファン・ファン・ファン」をはじめとする、ビーチ・ボーイズ初期の陽気な曲とそこに広がる世界を「お伽噺」だと語る。「でも、そういうものはもちろんいつまでも続かない」と、クリームやジミ・ヘンドリックスなど「ハードなもの」を聴くようになったという。一方、お伽噺の時代が過ぎてもビーチ・ボーイズを聴き続けた「僕」は、みんなで生き残ろうという必死さが伝わってくる低迷期のアルバムの魅力を五反田君に力説する。

登場作品
『ダンス・ダンス・ダンス』

エッセイ「ブライアン・ウィルソン」（『意味がなければスイングはない』収録）で村上春樹は、ラジオで初めて「サーフィンU.S.A.」を聴いた14歳のときから現在（2003年頃）までのビーチ・ボーイズ遍歴を書いている。村上の少年時代のビーチ・ボーイズに対する思い入れは五反田君に、大人になってからの思い入れは「僕」によって語られていたことが、ここでは確認できる。
長い不調とトラブルから90年代後半に復活を果たし、精力的に活動しているブライアン・ウィルソンへの思いも綴られている。2002年にハワイでブライアンのステージを見た村上は、「人生の「第二章」だけが持つ、深い説得性」とその魅力を表現する。もうすぐ70歳になる村上春樹が、この「第二章」を今後小説で描くようになっても不思議ではない。そのとき、ビーチ・ボーイズの曲はどのようなかたちで出てくるのか、とても気になる。

ビートルズ「ドライブ・マイ・カー」

029

収録アルバム：
『ラバー・ソウル』
1965年

『ラバー・ソウル』のオープニングを飾る「ドライブ・マイ・カー」は、アイドルバンドからの脱却を図るビートルズの新たな試みが随所で見られる。荒々しいヴォーカル、オーティス・レディングの曲のフレーズを引用したギターとベース、淡々とリズムを刻むカウベルと賑やかなタンバリンのコンビネーションに加え、車のクラクションをイメージしたコーラスも楽しい。歌詞は映画スターになろうという野心を抱く女が、男を運転手に雇ってあげると誘うも、実はまだ車を持っていなかったというオチがつく。

これまで30代の男性が主人公であることの多かった村上春樹の小説だが、２０１４年刊行の短篇集『女のいない男たち』では新機軸が見られる。『ノルウェイの森』のようにビートルズの曲をそのままタイトルとした「ドライブ・マイ・カー」で主人公となるのは、初老の男だ。ベテラン俳優・家福《かふく》は接触事故を起こして免許停止、さらに緑内障の徴候も見つかり、車の運転ができなくなる。そこで知り合いか

登場作品

「ドライブ・マイ・カー」

（『女のいない男たち』収録）


ら専属運転手として紹介されたのが、若い女性のドライバー・みさきだった。都内の道をよく知り運転もスムーズで無駄口をきかない彼女を、家福はすぐに信頼するようになる。

　車内で家福がよく思い出すのは、亡くなった妻のことだった。彼女はかつて年下の俳優と不倫をしていた。そのことに気づきつつも家福は、最後まで知らないふりを貫き通した。相手の男を懲らしめたかったのに、何もしなかった。果たしてそれは正しい選択だったのか……。

　今までの作品なら音楽が、悩める主人公に答えを示唆していた。だが今回その役割を果たすのは、よき話し相手となっていたみさきである。家福は過去への複雑な思いを語りながら、普段車で聴くクラシックか古いアメリカンロックか何かを流そうとして、結局止める。音楽が無力なのもまた、新機軸といえば新機軸だ。

ビートルズ「イエスタデイ」

030

収録アルバム：
『ヘルプ！　4人はアイドル』
1965年

ビートルズ、中でもポール・マッカートニーの書いた曲は、村上春樹の小説でときにコミカルなかたちで登場する。たとえば『1973年のピンボール』に登場する女の子は、「ペニー・レイン」をサビ抜きで1日20回も口ずさむ。寸止め感がすごい。『女のいない男たち』に収録の短篇「イエスタデイ」では、ポール作の「イエスタデイ」が面白おかしく歌われる。「イエスタデイ」自体はふざけた曲ではない。カヴァーヴァージョンの多さがギネス記録にもなった、ビートルズの中でも特に有名なこの曲は、14歳のときに亡くなったポールの母への思いが歌われている。そんな名曲を「昨日は／あしたのおとといで　おとといのあしたや」なんて、関西弁で歌う男が登場する。おっさんのダジャレ感がすごい。でも歌っているのは東京生まれの浪人生、主人公の「僕」と同じ喫茶店でアルバイトをしている木樽《きたる》だ。

　木樽はある日、「僕」に無茶な提案をしてくる。小学生のときからの恋人・えりかと付き合ってみないかというのだ。

登場作品

「イエスタデイ」

（『女のいない男たち』収録）

結局、彼女了承のもと企画は実現。2人は1度デートをしてみたが、関係は発展せずに終わる。それからしばらくして、木樽は突然バイトを辞めて姿を消してしまう。16年後に「僕」は仕事関係のパーティーでえりかと再会、彼女から木樽の意外な現在を知らされる。

ずっと孤独だった20歳の「僕」が経験した、奇妙な友人との出会いと奇妙な恋愛の記憶。それがラジオから流れてくる「イエスタデイ」によって蘇る。一見すると、感傷的な恋愛物語である。だがそこにノイズが入ってくる。東京生まれなのに関西弁を喋り、がさつなのに、えりかに対しては妙に奥手なところもある木樽という男。彼の謎が、物語の中で最も興味をそそるのである。何より、関西弁の「イエスタデイ」が頭から離れない。シリアスな場面でも脳内で「昨日は／あしたのおとといで〜」が再生されて、感傷に浸ることなんてできやしない。それがこの小説の面白さではあるのだけど。

ローリング・ストーンズ
「リトル・レッド・ルースター」

031

収録アルバム：
『ザ・ローリング・ストーンズ・ナウ！』
1965年

村上春樹の小説における、ローリング・ストーンズの立場は微妙だ。『ダンス・ダンス・ダンス』では「ブラウン・シュガー」を聴いた「僕」が「素敵な曲だった」と言うし、嫌われてはいない。ただ、軽薄な音楽という印象が強い。『ノルウェイの森』では中学生くらいのませた女の子が、「ジャンピン・ジャック・フラッシュ」をレコード屋でリクエストして、腰を振りながらダンスに興じる。短篇「加納クレタ」に至っては、殺人犯が死体を庭に埋める際に「ゴーイン・トゥ・ア・ゴーゴー」をノリノリで歌う。

そんな賑やかし的扱いの理由が、『1Q84』で明されている。過去の作品で主人公が好んで聴いていた、ビートルズやボブ・ディランの曲はここでは出てこない。主人公の一人・天吾は、ジェフ・ベックの日本ツアーのTシャツを着るような男で、ハードロックやブルース色の強いロックを聴いてきたらしい。彼はある日、小学生のときに好意を抱いた同学年の少女・青豆のことを思い出す。大人になった彼女を

登場作品
『1Q84』

捜し出して、もう1度会いたい。願望は決意へと変わり、何か手がかりはないかと意識を集中させる。自室ではちょうど、ローリング・ストーンズの「リトル・レッド・ルースター」が流れていた。

1964年にシングルでリリースされた「リトル・レッド・ルースター」は、シカゴ・ブルースを支えた名ソングライター、ウィリー・ディクソンが手掛けた曲のカヴァー。メンバーにとって憧れの存在であるマディ・ウォーターズも使用した、アメリカのチェス・スタジオで録音されている。ストーンズの渋いブルースは天吾にヒントを与えるのかと思いきや、「悪くない。でも深く思索したり、真剣に記憶を掘り起こそうとしている人のことを考えて作られた音楽ではない、ローリングストーンズというバンドにはそういう種類の親切心はほとんどない」と、邪魔をしていた。過去が改変された1Q84年の世界でも相変わらず、ローリング・ストーンズの扱いは軽い。

サイモン&ガーファンクル「スカボロー・フェア」

032

収録アルバム：
『パセリ・セージ・ローズマリー・アンド・タイム』
1966年

長篇『ねじまき鳥クロニクル』は行方不明になった妻・クミコを「僕」が助け出そうとする話だが、結局何が起きているのか最後まではっきりとしない。なのにタイトルにもある通り、長いクロニクル（年代記）を追体験した気にもなる小説だ。

クミコの居場所は近所の空き家の井戸に潜れば見つかると、「僕」はなぜか考えている。井戸のある土地を手に入れたい「僕」は、パトロンとなる女性と出会う。本名が不明な彼女とその息子のあだ名を考える場面で候補に出たのは、ナツメグとシナモン。「僕」は香辛料つながりで、サイモン&ガーファンクルの曲で繰り返されるフレーズ、「パセリ、セイジ、ローズマリー、アンド、タイム……」を口ずさむ。

このフレーズが出てくる「スカボロー・フェア／詠唱」は、ダスティン・ホフマン主演の映画『卒業』の挿入曲でも知られる反戦歌。イギリスの伝承歌のカヴァーである「スカボロー・フェア」のパートでは、正体不明の男が聴き手に頼み

登場作品

『ねじまき鳥クロニクル』

ごとをする。スカボローの市へ行くのなら、そこにいるかつて愛した女性によろしく言ってほしい、縫い目も針の跡もない木綿のシャツを作ってほしい、海と波打ち際の間に1エーカーの土地を見つけてほしいなど、願いは無茶なものばかりだ。だが、実現させると2人は恋人になるという。一方オリジナルのパート「詠唱」では、戦争の引き起こす悲劇と、上官の命令で戦い続けなければならない兵士たちの姿が描かれ、それぞれの無理難題が対比されるかたちで歌われている。

小説でもクミコの捜索と並行して、「僕」の出会う人々が目撃したという、太平洋戦争での兵士たちの残虐な行為が描かれる。曲と構造は似ているものの、『ねじまき鳥クロニクル』が反戦小説かというとそうではない。本作での村上春樹の興味は、人間を恐怖に陥れ支配する「悪」の生まれる仕組みに向けられている。そして悪に対抗する方法の手がかりもまた、井戸に隠されている。

ハニー・ドリッパーズ「シー・オブ・ラヴ」

033

収録アルバム：
『ヴォリューム・ワン』
1984年

村上春樹の小説で、短篇はのちに長篇の一部となることがある。たとえば1986年発表の短篇「ねじまき鳥と火曜日の女たち」は、『ねじまき鳥クロニクル』第1章の原型となった作品だ。そして作中には、「ラジオはロバート・プラントの新しいLPを特集していたが、二曲ばかり聴いたところで耳が痛くなってきたのでスイッチを切った」という、長篇には出てこない記述がある。

1980年にレッド・ツェッペリンを解散後、ハードロック路線を捨てて新たな音楽のトレンドを読むことに熱心だったロバート・プラント。「ねじまき鳥と火曜日の女たち」に舞台となる年代は書かれていないが、『ねじまき鳥クロニクル』と同じ1984年だとすると、この年にソロ名義のアルバムは出していない。代わりに、盟友ジミー・ペイジにジェフ・ベック、ナイル・ロジャースを加えたユニット「ハニー・ドリッパーズ」でミニアルバム『ヴォリューム・ワン』をリリースしていた。

登場作品

「ねじまき鳥と火曜日の女たち」
（『パン屋再襲撃』収録）
※ロバート・プラントの名前のみ登場

全5曲は50年代頃のR&Bやロックンロールが取り上げられ、シングル・カットされたフィル・フィリップス&ザ・トワイライターズのカヴァー「シー・オブ・ラヴ」は全米3位のヒットとなった。ラジオを聴いていた主人公の「僕」の耳が痛くなるほど、騒々しい曲はない。レッド・ツェッペリンの頃のようなハードさのない、甘くノスタルジックな音を聴き、その変節ぶりにかえって「僕」は拒否反応を示したのだろう。ラジオで特集されたのが、ポップス路線のアルバム『シェイクン・アンド・スタード』（85年）だったとしても、「僕」の反応は変わらなかったはずだ。

1988年刊行の『ダンス・ダンス・ダンス』を境に、村上作品でロックの登場する割合は少なくなるが、94～95年に刊行された『ねじまき鳥クロニクル』でもその傾向は変わらない。ロバート・プラントのくだりが削られたところも、時代の空気をロックに象徴させる必要を村上春樹が感じなくなったことの表れだ。

ドアーズ「アラバマ・ソング」

034

収録アルバム：
『ハートに火をつけて』
1967年

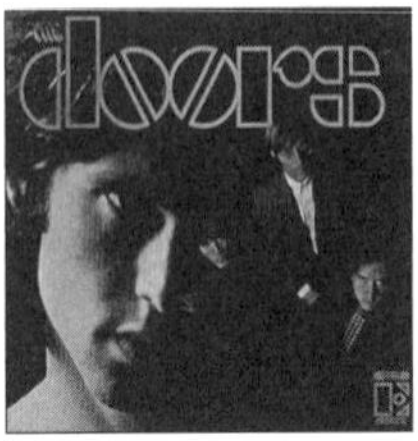

『騎士団長殺し』の主人公「私」はレコード店にいるときにふと、妻のユズを残して出て行った家にあるボブ・ディランの『ナッシュヴィル・スカイライン』や「「アラバマ・ソング」の入ったドアーズのアルバム」の所有権を気にする。ドアーズのデビュー・アルバムには、代表曲「ライト・マイ・ファイア」「ジ・エンド」が収められている。なのに、わざわざ「アラバマ・ソング」を挙げる理由が、こちらとしては気になってしまう。

「アラバマ・ソング」はオペラ『マハゴニー市の興亡』の劇中歌のカヴァー。原曲は売春婦が酒と獲物となる男と金を求めてウイスキー・バーを探すという内容の歌だが、ドアーズ版は男が獲物の女を求める話に変わっている。「私」がウイスキーを飲む場面は『騎士団長殺し』では何度かあり、飲んだあとにはたいてい奇妙な出来事が起きる。不可解な選曲は単に曲が好きなだけなのか、「私」がウイスキーに運命を操られているのとは関係ないのか。

登場作品

『騎士団長殺し』

翻訳家の鴻巣友季子は「村上春樹『騎士団長殺し』刺身も生牡蠣もウイスキーで食べるってそれおいしいの?」(レビューサイト「エキレビ!」掲載記事)の中で、友人の雨田が「私」との食事の席にシーバス・リーガルを持参した場面に注目し、「ゼロ年代に30代の「酒や食べ物にうるさい」という男性が、このブレンデッド・ウィスキーの代表みたいな銘柄をわざわざ選ぶとは、ちょっと考えにくい」と指摘する。今や普及版が2000円台のものを特別な銘柄と思うのは、比較的高価だった80年代までの感覚というのである。

付け加えれば、舞台となる2000年代後半の時点で36歳の「私」が、ブルース・スプリングスティーン『ザ・リバー』(80年)を「懐かしい」と語るのも年相応な感じはしない。作中世界は、『1Q84』で描かれたような現実と微妙に異なる世界なのだろうかと、設定ミスで済む話も村上春樹の小説だとつい深読みをしたくなる。

ローリング・ストーンズ
「ゴーイン・トゥ・ア・ゴーゴー」

035

収録アルバム：
『スティル・ライフ』
1982年

登場作品
『ダンス・ダンス・ダンス』

80年代のローリング・ストーンズは、従来の不良イメージからエンターテイメント色の強いバンドに変貌を遂げる。81年の北米ツアーは、大規模なスタジアムに映えることを意識した派手な演出によるパフォーマンスが披露され、音楽業界で初めてスポンサーをつけるなど、村上作品の主人公が嫌いそうなロック・ビジネスを展開していた。

このツアーの模様を収めたライブ・アルバム『スティル・ライフ』からシングル・カットされた「ゴーイン・トゥ・ア・ゴーゴー」は、スモーキー・ロビンソン&ミラクルズがヒットさせた60年代モータウン黄金期の名曲のカヴァー。『ダンス・ダンス・ダンス』では同じストーンズの曲でも、「ブラウン・シュガー」（71年）は「僕」にとって懐かしい曲だが、こちらはユキの聴く今どきの音楽として登場する。物語の舞台となる83年から、さらに30年以上経過した今も現役のストーンズ。そのしぶとさは、手法の好き嫌いはともかく村上春樹も認めざるを得ないはずだ。

クリーデンス・クリアウォーター・リヴァイヴァル「フール・ストップ・ザ・レイン」

036

収録アルバム：
『コスモズ・ファクトリー』
1970年

登場作品
『風の歌を聴け』

『風の歌を聴け』の途中に挿まれる、ラジオN・E・Bの音楽番組。DJは最高気温37度という暑さをロックで吹き飛ばそうと、「雨」縛りで曲をかける。涼し気というより泥臭いカントリー・ロック「フール・ストップ・ザ・レイン」は、その内の1曲だ。

クリーデンス・クリアウォーター・リヴァイヴァルは、60年代後半から70年代初めに活躍したカリフォルニア出身の4人組バンド。ヒッピー・ムーヴメントと一線を画し、自分たちのルーツにはない、南部のブルースやカントリーを取り入れた曲が人気を集めた。「フール・ストップ・ザ・レイン」を収録した『コスモズ・ファクトリー』は、全米1位を記録している。創作で手の届かない場所や対象に近づこうとする姿勢は、サーフィンのできないブライアン・ウィルソンがサーフ・ミュージックを作った、同じ西海岸出身のビーチ・ボーイズとも、戻ることのできない過去を描いた『風の歌を聴け』とも共通するものがある。

ステッペンウルフ「ボーン・トゥ・ビー・ワイルド」

037

収録アルバム：
『ワイルドでいこう!
ステッペンウルフ・ファースト・アルバム』
1968年

登場作品
『世界の終りとハードボイルド・ワンダーランド』

ステッペンウルフは、1967年~72年に活躍したハードロックの草分け的存在。68年リリースのシングル「ボーン・トゥ・ビー・ワイルド」は、映画『イージー・ライダー』のオープニング曲にも使われ大ヒットを記録した。CMソングに選ばれることも多く、イントロのギターリフを聴けば思い出す人も多いはずだ。

『世界の終りとハードボイルド・ワンダーランド』でこの曲が登場するのは、「私」が博士の娘と互いの身体にロープを巻きつけて洞窟を進む、疾走感とは無縁の状況でのこと。娘に着せている米軍ジャケットを見て、買った当時を思い出す「私」。彼の脳内BGMは勇ましい「ボーン・トゥ・ビー・ワイルド」だったが、イントロが似ているという理由でいつの間にかマービン・ゲイ「悲しいうわさ」に取って代わられる。「悲しいうわさ」の歌詞は、彼女の浮気の噂を聞いて男が悲しむという内容。「私」は脳内でも、冴えない男であることが宿命づけられている。

クロスビー・スティルス・ナッシュ&ヤング「ウッドストック」

038

収録アルバム：『デジャ・ヴ』1970年

登場作品　『風の歌を聴け』

村上春樹の小説に名前の出てこない意外な人物といえば、ニール・ヤングだ。エッセイ「きんぴらミュージック」（『村上ラジオ』）では、きんぴらを作りながらニール・ヤングの新譜を聴いて「あたりの空気がしみじみ化して、胸が熱くなってきた」と書いているし、好みであることは間違いない。『風の歌を聴け』でジェイズ・バーのジュークボックスから流れてくる「ウッドストック」が、作詞作曲をしたジョニ・ミッチェル版でないとすれば、唯一の登場の機会となる。ニール・ヤングが一時加入していたクロスビー・スティルス・ナッシュ&ヤングのヒット曲「ウッドストック」は、69年に開かれたウッドストック・フェスティバルの様子とそこに集まる人々の心理を描いている。

ところが作者のジョニ・ミッチェルはフェスに出演が叶わず、当日はテレビ中継でステージを見ていた。ここでも、手の届かない場所が隠れたテーマとなる曲を村上春樹は選んでいる。

クリーム「クロスロード」

039

収録アルバム：
『クリームの素晴らしき世界』
1968年

登場作品
『海辺のカフカ』

『海辺のカフカ』の主人公・田村カフカの聴く音楽は、図書館で借りたCDが主で、その守備範囲は広い。ビートルズから、プリンスやレディオヘッドまで趣味の範疇だ。カフカはあるとき、たかぶった気持ちを落ち着かせる曲としてクリームの「クロスロード」を選び、何度も繰り返し聴く。

『クリームの素晴らしき世界』に収録されている「クロスロード」は、数多くのギタリストに影響を与えたブルースマン、ロバート・ジョンソンの曲のカヴァー。彼のファンであるメンバーのエリック・クラプトンは、はっきりとしたリフがありロックンロール向きだという理由でこの曲を採用した。

ロバート・ジョンソンには、十字路で悪魔に魂を売り渡してブルースのテクニックを手に入れたという伝説がある。父に呪いを掛けられていると信じる「僕」がこのエピソードを知っていたとすれば、同じ悪魔に魅入られた者の作った曲だからなんて、不穏な理由で聴いていたのかもしれない。

ジョニー・リヴァース「ジョニー・B・グッド」

040

登場作品
『羊をめぐる冒険』

収録アルバム：
『Here We à Go Go Again!』
1964年

『羊をめぐる冒険』での何気ない一場面。ガールフレンドは「僕」の家で、ジョニー・リヴァースのカヒットをかける。「僕」が夕刊を熟読する間も、リヴァースはチャック・ベリーの「ジョニー・B・グッド」など古いロックンロールを歌い続ける。新聞を読む時間の長さでカヴァー曲のレパートリーの豊富さを示す所が、なんとも洒落ている。

1950年代後半にキャリアをスタートさせたものの、伸び悩んでいたジョニー・リヴァース。彼が注目を浴びるきっかけは、64年に開店したロサンゼルスのディスコ「ウイスキー・ア・ゴーゴー」でのライブ活動だった。

ロックンロール・R&Bのカヴァーが人気となり、ステージを収録したライブ盤もヒット。そのカヴァーの名手ぶりは、ボブ・ディランも認めるところだった。自伝の中でディランは、「寂しき四番街」のジョニー・リヴァース版を聴いて、自分の歌う原曲より好きになったと絶賛している。

ポップス

～失われた未来を哀悼する

ビーチ・ボーイズ「素敵じゃないか」

041

収録アルバム：
『ペット・サウンズ』
1966年

村上春樹とブライアン・ウィルソン。現在、この2人ほどその作品の共通性が自然に感じられる作家もいないだろう。もちろん、前者はフルマラソンを毎シーズン走るほどの健脚を誇り、後者はドラッグ中毒に陥り精神を病んでしまうという資質の違いはある。だが両者の作品が抱える主題——手の届かぬものへの切なる想いと身が捩れるほどの喪失感——が響きあうことは誰の目にも明らかだ。村上春樹が『ペット・サウンズ』の解説本を翻訳することに驚く読者はほとんどいないのではないか。

だが、歴史を忘却してはならない。『ペット・サウンズ』が日本で評価されたのはあくまでも1990年代以降のことだ。きっかけは、もちろん88年にブライアン・ウィルソンが奇跡の復活をとげたことにある。ただし翌年、世界に先駆けて本アルバムが日本でCD化されたとき（しかもライナーノーツは山下達郎！）、それはほとんど話題にすらならなかった。本アルバムのすばらしさを若い世代に啓蒙したのは

登場作品

ジム・フジーリ
『ペット・サウンズ』の
翻訳を担当

渋谷系のミュージシャンである。小西康陽や小山田圭吾がロジャー・ニコルス&ザ・スモール・サークル・オブ・フレンズのアルバム（87年CD化）について熱心に言及し、フリッパーズ・ギターのラスト・アルバム『ヘッド博士の世界塔』（91年）に「神のみぞ知る」がサンプリングされていたことが明らかになる――渋谷系と呼ばれるムーヴメントに何かしら歴史的意義があるとすれば、それはこうした作品を再評価した点にある。逆にいえば、それまで――村上春樹の作品でいうと1988年に刊行された『ダンス・ダンス・ダンス』まで――ブライアン・ウィルソンは、著者自身の言葉を借りるならば「口当たりのいいポップソングを歌う、ただのポップスター」に過ぎなかったのだ。

こうした事情は本国アメリカでもほとんど変わらない。『ペット・サウンズ』が90年にCD化され、93年にはビーチ・ボーイズの30年にわたる活動を記録したボックスセットが発売されている。翌年、ブライアン・ウィルソンに焦点を当てたティモシー・ホワイトのビーチ・ボーイズ本『近くて遠い場所』が刊行され、さらにボックスセット『ペット・サウンズ・セッションズ』（97年）やテレビドキュメンタリー『エンドレス・ハーモニー』（98年）の放映が続く。興味深いのは、こうしたブライアン・ウィルソン再評価の動きがアメリカの音楽シーンにも影響を及ぼしていることだ。音楽評論家サシャ・フレール・ジョーンズは２００７年に論争を巻き起こした記事で、90年代半ば以降のインディーロック・シーンでは「黒人音楽の影響が弱まり」、代わりに若い音楽家の「詩神」として台頭したのがブライアン・ウィルソンであると主張した。

そして、村上春樹の小説が英米圏に受容されたのはまさにこの時期なのである。作者に関する記事の掲載数の推移をみれば、それは一目瞭然だ。英米圏では１９８０年代後半に村上春樹に関する記事が現れ始め、その数は90年代後半から急激に伸びている。ようするにこういうことだ。村上春樹の世界的な評価の高まりとブライアン・ウィルソン再評価の動きは正確に重なっている。

村上春樹はビーチ・ボーイズの元リーダーについて次のように述べたことがある。「結局のところ、今にして思えば、ブライアン・ウィルソンの音楽が僕の心を打ったのは、彼が「手の届かない遠い場所」にあるものごとについて真摯に懸命に歌っていたからではないだろうか」と。1979年に小説家としてデビューした村上春樹は、1960年代に「手の届かない遠い場所」について歌ったブライアン・ウィルソン（ビーチ・ボーイズ）を通して、「喪失」や「死」のモチーフを自らの作品に取り込んだのだ。

ビーチ・ボーイズ「カリフォルニア・ガールズ」

042

収録アルバム：
『サマー・デイズ』
1965年

ビーチ・ボーイズというアメリカ西海岸のグループに村上春樹が並々ならぬ思いを寄せていることは広く知られている。では、その作品の中で彼はどのようにビーチ・ボーイズに関連する固有名詞を扱い、それは読者にどのように受容されたのだろうか。1979年6月号の『群像』に新人賞受賞作として初めてこの作家の作品が掲載されたとき、そこに通奏低音として流れる「カリフォルニア・ガールズ」という曲名は当時の読者にどのようなイメージを与えたのだろうか。

村上春樹の作品を詳しく検討すると、照りつける太陽のもとでビキニの女の子が白い砂浜を駆け抜けるといった陽気なイメージでビーチ・ボーイズが用いられることは極めて少ないことがわかる。むしろ、作品の中でこのグループの楽曲が流れるとき、そこには常に不吉な予感が漂っている。その曲を口ずさんだり聴いたりすることで、登場人物が必ず悲劇に襲われる音楽としてビーチ・ボーイズの名前は記憶されるのだ。

登場作品
『風の歌を聴け』
『ダンス・ダンス・ダンス』

最も印象的なのは、「僕」のスバルのカー・ステレオで「ファン・ファン・ファン」のテープに合わせて口笛を吹く五反田君が、物語の後半に自ら命を落としてしまう『ダンス・ダンス・ダンス』だろう。『ノルウェイの森』の最後でレイコさんがレイ・チャールズやキャロル・キングに交えてビーチ・ボーイズの曲を演奏する場面には直子の死が強烈に影を落としているし、『神の子どもたちはみな踊る』の短篇「タイランド」で「サーファー・ガール」をカラオケ・バーで熱唱する主人公は過去に子どもを堕胎し、相手の男の死を強く念じていた。このように村上春樹の作品において、ビーチ・ボーイズはしばしば〈死〉の音楽として鳴り響いている。

それが〈死〉の背景音楽でなくとも、ビーチ・ボーイズの曲とともに主人公のもとを離れてしまう登場人物は珍しくない。「カリフォルニア・ガールズ」の対訳まで掲載したデビュー作『風の歌を聴け』において、女の子が「僕」に貸してくれたレコードがビーチ・ボーイズのLPであると判明した時点で彼女がのちに失踪してしまうことは十分に予想できるはずだ。またレンタカーの中で「サーフィンU.S.A.」のバック・コーラスを2人で歌ったユキが最後に「僕」のもとを去る場面の過剰なまでの切なさをどう形容すればいいだろう（『ダンス・ダンス・ダンス』）。ご丁寧にも「僕」はそうした感情を「喪失感」と自ら解説してみせるのだが、こうしてビーチ・ボーイズを〈喪失〉や〈死〉と結びつける解釈が現在特に驚きをもたらさないとすれば、それはブライアン・ウィルソンが世界的に再評価された1990年代以降の世界に私たちが生きているからである。

重要なのは、僕らが今、ビーチ・ボーイズの初期作品を『ペット・サウンズ』を通して聴くようになったことだ。ただの「口当たりのいいポップソング」としてではなく、その背後に孤独や挫折などの主題や高度な音楽性の萌芽を読み取るようになったのだ。「カリフォルニア・ガールズ」のぞくぞくするようなイントロは「素敵じゃないか」の意外性を通してさらに前景化されるし、「恋の夏」（『サマー・デイズ』）はやがてバート・バカラックにオマージュを捧げた「少しの間」へと昇華されるインストとして響く。そして、「サーファー・ガール」で歌われる純粋な想いと「キャロライン・ノー」の絶望をもはや切り離して考えることはできない。村上春樹を読むということは、『ペット・サウンズ』を通してビーチ・ボーイズの初期作品を聴くことにほかならない。それは過去のある時点で失われた未来を哀悼する行為であり、その倒錯した時間に自ら身を置くことである。そして、僕らはその喪失に想いを馳せて何度も涙しつつ、そこからゆっくりと新たな一歩を踏み出すのだ。

ビング・クロスビー「ダニー・ボーイ」

043

収録アルバム：
『メリー・クリスマス』
1941年

「ダニー・ボーイ」は1910年にイギリスの法曹兼作詞家フレデリック・ウェザリーが詩を付け、「ロンドンデリーの歌」というアイルランド民謡の旋律に合わせて歌われる曲である。1915年に世界的に有名なオーストリア人オペラ歌手エルネスティーネ・シューマン＝ハインクがレコーディングしたことで広く知られるようになった。その後もグレン・ミラー・オーケストラ（40年）、ビング・クロスビー（41年）、そしてハリー・ベラフォンテ（56年）など無数の音楽家によってカヴァーされた。現在も世界中のアイルランド系移民のコミュニティーで非常にポピュラーな曲として有名である。

「あなたは発ち、私は待たねばならない」と愛する人との別離を歌った歌詞が男女の別れを指すのか、それとも親子関係を歌ったものなのか、様々な解釈が存在する。また「あなた」がどこに「発つ」のかについても、それが戦争であるというもの、あるいは1840年代のジャガイモ飢饉をきっかけに新大陸に移住することを歌ったものだと主張

登場作品
『世界の終りとハードボイルド・ワンダーランド』

するものもいる。いずれにしても、「あなた」が帰ってくるとき（もし帰ってくることがあれば）、語り手は亡くなっていることが示唆されており、「あなたは私が眠る場所を探し／ひざまずいて私に別れを告げる」という歌詞がこの曲の物悲しさと美しさを表している。

『世界の終りとハードボイルド・ワンダーランド』の冒頭、エレベーターに閉じ込められた語り手は口笛で「ダニー・ボーイ」を吹く。だが、「肺炎をこじらせた犬のため息のような音しかでてこなかった」ので、別の作業をして暇をつぶすことにしたとある。

次にこの曲が流れるのは、作品の後半のクライマックスといっていい箇所である。語り手は「博士」が行った手術により自分がもうすぐ意識を失うことを知っている。その最後の日に、彼は図書館で知り合った司書の女性と過ごしている。2人はソファーの上でビング・クロスビーのレコードを聴きながら語り手が「ダニー・ボーイ」を唄うのだ。

二度目にそれを唄うと、私はわけもなく哀しい気持ちになった。

「行ってしまっても手紙をくれる？」と彼女は訊いた。

「書くよ」と私は答えた。「もしそこから手紙を出すことができるならね。」


言うまでもなく、司書の女性は語り手の意識がもうすぐ失われてしまうことについて知らない。この状況と、別れた2人のうち1人が亡くなる（意識を失う）という「ダニー・ボーイ」の歌詞とが微かに響き合うことがわかるだろう。

『世界の終りとハードボイルド・ワンダーランド』は語り手の現実を描いた「ハードボイルド・ワンダーランド」と、語り手が意識の中で作り出した「世界の終り」という章が交互に並ぶが、この次の「世界の終り」の章において「僕」は手風琴を持ち、手探りでコードを抑えながらメロディーを奏

である。それは「僕がよく知っているはずの唄」である「ダニー・ボーイ」だった。「音楽は長い冬が凍りつかせてしまった僕の筋肉と心をほぐし、僕の目にあたたかいなつかしい光を与えてくれた」。この作品において、「ダニー・ボーイ」は生と死だけでなく現実と無意識を架橋する役割を担っている。「ダニー・ボーイ」の最後のスタンザは次のように続く。「あなたが私の上をそっと歩く、それを私は聞くだろう／あなたは身をかがめて愛しているといってくれる／私の墓はあたたかく、心地よさに包まれるだろう／あなたが帰ってくるまで私は安らかに眠り続けるだろう」。この曲の旋律によって語り手は「世界の終り」が自ら作り出した世界であることを悟るのであり、その啓示は「あたたかさ」とともに作品の結末を決定づけるのだ。

デルズ「ダンス・ダンス・ダンス」

044

収録アルバム：
『Oh, What a Nite』
1957年

デルズはイリノイ州ハーヴェイ出身の黒人ヴォーカル・グループ。メンバー全員が高校生だった１９５２年にエル・レイズというグループ名で活動を始め、シカゴのチェス・レーベルの子会社、チェッカー・レコードと契約。その後デルズと改名してヴィージェイ・レコードに移籍すると、１９５６年に「オー・ホワット・ア・ナイト」がR&Bチャートで4位を記録。１９６０年代後半にはふたたびチェス傘下のカデット・レーベルに属し、「ステイ・イン・マイ・コーナー」（68年）がR&Bチャートで1位、全米10位に上がる大ヒットとなる。以降、メンバーの交代などを経験しながら２０１２年まで、実に60年間にわたって活動を続けた。

『ダンス・ダンス・ダンス』はしばしばビーチ・ボーイズの同名の曲からタイトルが取られたと誤解されるものの、実はデルズが１９５７年に「ホワイ・ドゥ・ユー・ハフ・トゥ・ゴー」のB面としてリリースした曲名に由来する。村上春樹はローマでこの作品を執筆中にデルズのアルバムをよく聴い

登場作品
『ダンス・ダンス・ダンス』

たと語っているが、それは「日本を出発する前に、家にある古いレコードをひっかき集めて自家製オールディーズテープを作っていた」中に入っていたものである。彼自身はこの曲について次のように語っている。

いかにも昔風リズム・アンド・ブルースというタイプの曲である。のんびりとしていて、ざらっとした雑な感じで、その辺が不思議に黒っぽい。その曲をローマで毎日聴くともなくぼんやり聴いているうちに、タイトルにふとインスパイアされて書き始めたのだ。（『遠い太鼓』）

『ダンス・ダンス・ダンス』は、村上春樹の初期の作品の集大成ともいえる。その主人公は『風の歌を聴け』、『1973年のピンボール』、『羊をめぐる冒険』とも同じだし、物語的にもこれらの作品を総括する意味合いが強い。また、それは村上春樹の個人史的にも節目となる作品であったようだ。彼は40歳という年齢をひとつの「転換点」として捉えており、「それは何かを取り、それは何かを後に置いていくこと」だと考えていた。「その精神的な組み換えが終わってしまったあとでは、好むと好まざるとにかかわらず、もうあともどりはできない」のだと。

こうして彼は40歳になる前の3年間、日本を離れてギリシャ、シシリー島、ローマ、ロンドンと移りながら2つの小説、すなわち『ノルウェイの森』と『ダンス・ダンス・ダンス』を執筆するのである。

作品は「僕」が現実世界に戻ってくる話である。語り手は「何処にも行けない」、「何を求めればいいのかがわからなくなってしまっている」自分に行き詰まりを覚え、かつての「いるかホテル」（今は「ドルフィン・ホテル」という名称になっている）で「羊男」と再会する。そこで「羊男」は語り手に「踊るんだよ」というアドバイスを送るのである。

踊り続けるんだ。何故踊るかなんて考えちゃいけない。意味なんてことは考えちゃいけない。意味なんてもともとないんだ。そんなこと考え出したら足が停まる。

ドルフィン・ホテルのフロントで働く「ユミヨシさん」、彼女を通して出会う「ユキ」、それに中学時代の同級生で俳優をしている「五反田君」や耳のきれいな「キキ」など多くの人と出会い、またその人たちの死を経験する。「僕」はひたすら踊り続けるが、その姿は、「あるひとつの時期に達成されるべき何かが達成されないままに終わってしまう」著者自身の焦りを反映していたのかもしれない。

ビング・クロスビー「ホワイト・クリスマス」

045

収録アルバム：
『Song Hits from Holiday Inn』
1942年

アーヴィング・バーリンが作曲した「ホワイト・クリスマス」は歴史上、世界で最も売れた曲である。その売り上げはギネスの記録によれば5000万枚以上、さらにアルバムその他の媒体を加算すると合計1億枚を越えるといわれている。

バーリンは、この曲以前にも「アレクサンダーズ・ラグタイム・バンド」や「ブルー・スカイズ」など数々のヒット曲で知られる、戦前のアメリカ合衆国を代表する作曲家である。彼が実際にどの時点で「ホワイト・クリスマス」を作曲したかは明らかになっていないが、それがビング・クロスビーとフレッド・アステアが主演する映画『ホリデイ・イン』の挿入歌に決まり、1941年12月24日にラジオ番組でビング・クロスビーがこの曲を歌ったのが最初の記録として残っている。いうまでもなく、それは日本軍による真珠湾攻撃の数週間後のことであり、翌年に映画が公開されると太平洋戦争に従事する多くの兵士がこの曲を前線で流したという。

登場作品
『羊をめぐる冒険』、
「シドニーのグリーン・ストリート」
(『中国行きのスロウ・ボート』収録)、
『世界の終りとハードボイルド・ワンダーランド』

そもそもロシア系移民の子どもとして生まれ、ユダヤ系のバーリンがクリスマスの曲を書いた理由についても諸説あり、彼が子どもの頃からクリスマスに親しんでいたというものから、当時の音楽産業の熾烈な争いがエスニック・アイデンティティーよりも商業主義を優先したと説明するものもいる。

アメリカではこの曲によってクリスマスの時期に雪が降るイメージが広まったといわれるが、村上作品の中では『羊をめぐる冒険』の後半、羊男と対面したあとで2度目の雪がやみ、「再び深い沈黙が霧のようにやってきた」という描写とともに、あたかもその沈黙を破るかのように「プレーヤーをオートリピートにしてビング・クロスビーの「ホワイトクリスマス」を26回聴いた」と触れられる。さらに『世界の終りとハードボイルド・ワンダーランド』でも〈地底〉を〈女〉と進む場面で、「暗くて冷たい」という理由から語り手はこの曲を歌う。

スキーター・デイヴィス「エンド・オブ・ザ・ワールド」

046

収録アルバム：
『エンド・オブ・ザ・ワールド』
1962年

「エンド・オブ・ザ・ワールド」はアーサー・ケントが作曲し、シルヴィア・ディーが詩をつけてカントリーポップ・シンガーのスキーター・デイヴィスが1962年にリリースした曲である。総合チャートで全米2位まで上がっただけでなく、カントリーやR&B、さらにイージー・リスニングのチャートすべてで5位以内に入る大ヒット曲となった。デイヴィスはケンタッキー出身のシンガーで10代の頃にブルーグラス・デュオとしてデビューし、1955年にソロとして活動を始める。ギタリストでRCAレコードのプロデューサーでもあるチェット・アトキンスに見いだされ、いわゆる「ナッシュヴィル・サウンド」と呼ばれる都会のリスナーに向けた洗練されたカントリー・ミュージックを代表するシンガーとして活躍した。一時期、バー・バンドとして有名なNRBQのジョーイ・スパンピナートと結婚していたこともある。その後、この曲はカーペンターズをはじめ、シンディ・ローパー、ラナ・デル・レイ、日本でも竹内まりややや

登場作品

『世界の終りとハードボイルド・ワンダーランド』

原田知世など無数のアーティストによってカヴァーされた。
『世界の終りとハードボイルド・ワンダーランド』にはエピグラフとして「エンド・オブ・ザ・ワールド」の歌詞が掲げられている。「太陽はなぜ今も輝き続けるのか／鳥たちはなぜ唄いつづけるのか／彼らは知らないのだろうか／世界がもう終わってしまったことを」。だが詳しくみると、このエピグラフには少し不自然な点がある。確かにエピグラフに記される4行はこの曲からの引用だが、1行めと2行めは別々のスタンザから1行ずつ並べたものだし、何より元の歌詞には「世界がもう終わってしまったことを」のあとにもう1行、「何故ならもうあなたは私のことを愛していないから」というラインが存在するのだ。つまり、村上春樹は「エンド・オブ・ザ・ワールド」の歌詞をエピグラフとするにあたって、「世界が終わってしまった」理由を意図的に省いていることがわかる。

ビージーズ「ニューヨーク炭鉱の悲劇」

047

収録アルバム：
『ビージーズ・ファースト』
1967年

短篇「ニューヨーク炭鉱の悲劇」はイギリス出身の兄弟グループ、ビージーズの同名の曲にインスパイアされた作品である。グループにとって最初のヒット曲であり、１９６７年にイギリスとアメリカでそれぞれ12位と14位を獲得した。その後、70年代に入ると映画『サタデー・ナイト・フィーバー』のテーマ曲などで大ヒットを連発し、『ノルウェイの森』や『ダンス・ダンス・ダンス』でもＢＧＭとして触れられている。この曲はビートルズの影響を感じさせるハーモニーが印象的だが、村上春樹は曲自体はあまり好きではないと語っている。

　もともとビージーズは１９６６年に南ウェールズで起きた炭鉱事故に着想を得たと伝えられている。炭鉱村アバーファンのボタ山が崩れて小学校を直撃、１１６人の子どもを含む１４４人が犠牲となる大惨事が前年に大きく報道されたのだ。

　雑誌『ブルータス』１９８１年３月号に初めて掲載され、

登場作品
「ニューヨーク炭鉱の悲劇」
（『中国行きのスロウ・ボート』収録）

のちに短篇集『中国行きのスロウ・ボート』に収録された「ニューヨーク炭鉱の悲劇」はシュールな読後感を残す実験的な作品である。短篇は大きく3つのセクションに分かれるが、最初のパートで28歳の語り手の周囲で知人が立て続けに亡くなり、そのたびに彼は友人に喪服を借りにいく。その友人は台風が来るたびに動物園を訪れるという奇妙な習慣を守り続けていた。次のパートで語り手は六本木のパーティーである女性と知り合うが、彼女はかつて語り手とよく似た男性を殺したと告白するのである。そして最後のパートで唐突に炭鉱事故に巻き込まれた坑夫達の姿が描かれる。彼らは残り少ない空気を心配しながら固唾を呑んで救助を待っている。

生と死、そしてサヴァイヴァルという主題が村上春樹特有の世界に描かれた佳作だといえるだろう。また、炭坑に閉じ込められた状態で妻に思いを馳せる歌詞は、「井戸」に潜って妻を探す『ねじまき鳥クロニクル』を彷彿とさせる。

ナット・キング・コール「国境の南」

048

※録音の記録なし

『国境の南、太陽の西』の冒頭、語り手の幼少期について書かれた箇所で「国境の南」が流れる場面がある。小学校の頃、語り手は同じように一人っ子の「島本さん」という女の子と心を通わせる。「自分にもし兄弟がいたらって思うことある？」と訊かれた語り手は、「ないよ」と答える。何故なら「もし兄弟がいたとしたら、僕は今と違う僕になっていたはず」だからだ。その直後に、ナット・キング・コールが歌う「国境の南」が「遠くの方から聞こえた」のだが、ここで重要なのは、現実にはナット・キング・コールがこの曲のレコーディングを残していないことだ（最も有名なのはフランク・シナトラとビリー・メイが1954年にリリースしたヴァージョンで、全米18位まで上がった）。それはあたかも一人っ子の語り手が自分に兄弟がいる世界を想像できないように、「ナット・キング・コールが「国境の南」を歌う」という描写そのものがある種の世界の不可能性を表している。

興味深いのは、『羊をめぐる冒険』の後半にもナット・キ

登場作品

『羊をめぐる冒険』、
『国境の南、太陽の西』

ング・コールがこの曲を歌う場面が登場し、そこでは「部屋の空気が1950年代に逆戻りしてしまったような感じだった」と記されている。この曲は〈なんとなくありえそうだけど実際には存在しない〉村上春樹特有のファンタジーのあり方を象徴しているといえるだろう。そもそもカウボーイスタイルで知られるジーン・オートリー主演の同名の映画の主題歌として発表されたこの曲は、国境を越えてメキシコで出会った女性との思い出を歌ったものであり、それが1930年代のハリウッド映画に典型的なエキゾティシズムに基づいていることはいうまでもない。ここで想像上の世界としてファンタサイズされたメキシコは、ナット・キング・コールが「国境の南」を歌う世界と同じように現実には存在しない。そしてその不可能な世界のリアリティーこそ、村上春樹が一貫して描いてきたものなのだ。

スライ&ザ・ファミリー・ストーン「ファミリー・アフェア」

049

収録アルバム：
『暴動』
1971年

スライ&ザ・ファミリー・ストーンはオークランド出身のファンク・バンド。村上作品ではデビュー作の『風の歌を聴け』や『ダンス・ダンス・ダンス』で1968年にリリースされた「エヴリデイ・ピープル」に関する記述がみられるが、これはバンドが初めてR&Bとポップスの両チャートで1位を獲得した曲である。当時としては珍しく黒人と白人の混成バンドであり、この曲を含むアルバム『スタンド！』は60年代後半のアメリカの力強く楽観的な雰囲気を反映した作品である。

その後、バンドはウッドストック・フェスティバルで歴史的なパフォーマンスを披露するが、リーダーのスライ・ストーンの薬物依存が進行し、地元オークランドのブラック・パンサー党により白人メンバーの解雇を要請されるなど多くのトラブルを抱えていた。やがてスライはギャングの構成員をバンドのスタッフとして雇い入れ、メンバー間に決定的な軋轢が生じてしまう。こうしたバンド内の混乱を反映した

登場作品

「ファミリー・アフェア」
（『パン屋再襲撃』収録）

のか、いずれにせよ1971年にリリースされたシングル「ファミリー・アフェア」は前作とは異なる内省的なサウンドで多くのリスナーを驚かせた。リズムボックスのモコモコしたビートに気怠いヴォーカルが響く。そこにファンク・ミュージックの高揚感は一切なく、ミニマルなサウンドに私的な内向性が表現されていた。ファンクの〈内省〉——それは運動への諦めと引き換えに、共感による広がりを目指すシンガーソングライターの時代とも共振する黒人音楽の誕生を意味したのだ。

『パン屋再襲撃』に収録された短篇「ファミリー・アフェア」は『ノルウェイの森』にもつながる作品だが、子どもの頃から仲が良かった兄妹が、妹の恋人への違和感から関係がぎくしゃくしてしまうというストーリーである。最終的に2人は意見が合わないということに同意するのだが、それは諦観とともに人のつながりを歌うスライの曲の内容と見事に呼応する。

ボビー・ヴィー「ラバー・ボール」

050

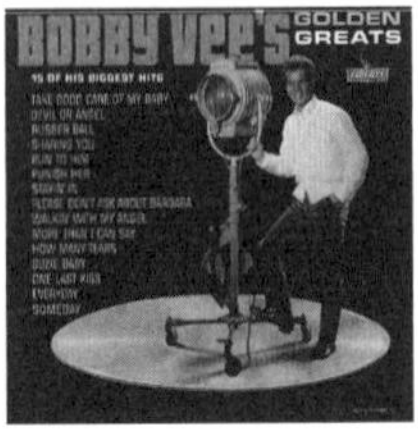

収録アルバム：
『ゴールデン・グレイツ』
1960年

ボビー・ヴィーは「テイク・グッド・ケア・オブ・マイ・ベイビー」の大ヒットで知られる白人男性シンガー。1959年2月、バディ・ホリーやリッチー・ヴァレンスが小型飛行機で墜落死し、予定されていたライブに急遽代役として出演してデビュー。その後ロサンゼルスのリバティ・レーベルと契約し、敏腕プロデューサー、スナッフ・ギャレットのもとでティーン・アイドルとして頭角を現してゆく。1960年に「デビル・オア・エンジェル」で初めてトップ10入りを果たし、その勢いに乗って同年発売されたのが「ラバー・ボール」である。

この曲は『1973年のピンボール』で「1960年、ボビー・ヴィーが「ラバー・ボール」を唄った年だ」と、あたかもその年を代表するかのように言及されるが、それは必ずしも自明ではない。「ラバー・ボール」は全米6位まで上がったが、この年最大のヒット曲はパーシー・フェイス・オーケストラの「夏の日の恋」であり、9週連続全米1位を獲得し

登場作品
『1973年のピンボール』

た。また、エルヴィス・プレスリーも「イッツ・ナウ・オア・ネバー」と「今夜はひとりかい？」でそれぞれ5週と6週連続1位を達成しているし、その他にもザ・ドリフターズの「ラスト・ダンスは私に」やレイ・チャールズの「ジョージア・オン・マイ・マインド」など、現在もよく知られる曲がこの年のヒット曲として並んでいる。
ここには初期村上作品特有の音楽の用いられ方が現れているといえるだろう。つまり、客観的な意味でのヒット曲ではなく、登場人物の私的な選曲が断定的に語られることで、誰もが知る固有名詞による〈正統的な歴史〉——たとえばここで、ザ・ドリフターズの「ラスト・ダンスは私に」が挙げられた場合を想像すれば良い——が脱臼させられ、読者がそれぞれの経験に根ざした楽曲を代入する〈空白〉として機能しているのだ。こうした代替可能な記号こそが、作品と読者の間に共感の回路を確立するのである。

ナット・キング・コール「ペーパー・ムーン」

051

収録アルバム：
『It's Only A Paper Moon』
1943年

スタンダード曲「ペーパー・ムーン」は、1933年にハロルド・アーレンが作曲し、イップ・ハーバーグとビリー・ローズが詞をつけてブロードウェイのために準備した曲である。その後、映画にも使われたものの、最初にヒットしたのは白人ビックバンド・オーケストラ、ポール・ホワイトマン楽団が演奏するヴァージョンで、ペギー・ヒーリーの歌とバニー・ベリガンのトランペットをフィーチャーしたものだった。その後、「ウクレレ・アイク」の愛称で知られるクリフ・エドワーズ、エラ・フィッツジェラルド、それにベニー・グッドマンなど無数のアーティストがこの曲をカヴァーしたが、最も有名なのはナット・キング・コールが1943年に歌ったヴァージョンだろう。また、戦後にはピーター・ボグダノヴィッチ監督の大ヒット映画『ペーパー・ムーン』の挿入歌となり、それに基づくテレビ・シリーズも製作された。ちなみにアーレンとハーバーグはこの数年後、ミュージカル『オズの魔法使い』のテーマ曲「虹の彼方に」でアカデミー

登場作品

『1Q84』
※曲名のみ登場

賞を受賞した。

『1Q84』の冒頭、青豆がホテルのバーで男と会話を交わす場面でこの曲は最初に流れるが、「紙でできた月も、私を信じてくれれば偽物にはならない」という歌詞が作品の主題と共振するのは物語の中盤だろう。青豆が迷い込んでしまった1Q84年と〈本当の〉1984年の世界がどのように異なるのか問うたところ、次のような答えが返ってくる。「原理的には同じ成り立ちのものだ。君が世界を信じなければ、またそこに愛がなければ、すべてはまがい物に過ぎない。どちらの世界にあっても、どのような世界にあっても、仮説と事実とを隔てる線はおおかたの場合目には映らない」と。

こうしてティンパンアレーのスタンダード曲をモチーフにポスト・トゥルース／フェイクニュース的状況を2009年の時点で活写する点において、村上春樹は予言的な作家だといえるだろう。

バート・バカラック「クロース・トゥ・ユー」

052

収録アルバム：
カーペンターズ『遙かなる影』
1970年

バート・バカラックは1950年代から活躍し、作詞家ハル・デヴィッドとのコンビで知られるアメリカン・ポップスを代表する作曲家である。独特のコード進行や意外性のあるメロディーなど通常の文法とは異なる手法を用いながら、繊細で哀愁漂う傑作を数多く残している。「クロース・トゥ・ユー」はもともと俳優兼歌手のリチャード・チェンバレンが1963年にリリースし、バカラックの盟友ディオンヌ・ワーウィックも65年に発表しているが、それぞれ42位と65位に留まりトップ40の壁を越えることができなかった。1970年に4週連続1位を獲得したカーペンターズのヴァージョンが最も有名であり、バカラック／デヴィッドの代表曲のひとつに数えられている。カーペンターズはこの曲で翌年のグラミー賞も受賞した。

村上春樹の作品では、のちに「窓」と加筆改題される短篇「バート・バカラックはお好き？」（『カンガルー日和』所収）がすぐに思い浮かぶ。22歳の語り手が「ペン・ソサエ

登場作品

『ノルウェイの森』

ティー」という会社でアルバイトをし、会員から送られてくる手紙の添削をする。その会社を辞める直前、彼は一人の女性会員の家にハンバーグ・ステーキをご馳走になりに行く。そこで2人は「バート・バカラックのレコードを聴きながら身の上話をした」。結局その日、語り手はそのまま帰宅するのだが、「十年たったいまでも」「あの時彼女と寝るべきだったかどうか」考えるという。次にバカラックの曲が印象的に使われるのは『ノルウェイの森』の最後で「僕」と「レイコさん」が「直子」を追悼する場面である。レイコさんが歌うカーペンターズ「クロース・トゥ・ユー」、B・J・トーマス「雨に濡れても」、ディオンヌ・ワーウィック「ウォーク・オン・バイ」はいずれもバカラックの代表曲といえるが、最後の「ウェディングベル・ブルース」だけはレイコさんの勘違い（？）でローラ・ニーロによる作曲。

パーシー・フェイス・オーケストラ「タラのテーマ」

053

収録アルバム：
『そよ風と私』
1961年

パーシー・フェイスは「イージー・リスニング」というジャンルを確立したカナダ生まれの作曲家。それまで流行した管楽器中心のアンサンブルではなく、流麗なストリングス・アレンジを特徴とする演奏は1950年代のアメリカで絶大な人気を得た。村上春樹の作品ではすでに『羊をめぐる冒険』にこの作曲家の名前を確認できるし、その後も『ダンス・ダンス・ダンス』や『アフターダーク』などで繰り返し言及されている。中でも『ねじまき鳥クロニクル』に登場する「駅前のクリーニング屋の店主」の人物造形が最も典型的だろう。猫の失踪後にネクタイを受け取りに訪れた語り手がイージー・リスニング・ミュージックのマニアとして知られるこの人物に初めて出会う。そのとき、店主はパーシー・フェイス・オーケストラの「タラのテーマ」にあわせてアイロンをかけていると描写されるのだ。

「タラのテーマ」はいうまでもなくマーガレット・ミッチェル原作、ヴィクター・フレミング監督の1939年の映画

登場作品
『ねじまき鳥クロニクル』

『風と共に去りぬ』のテーマ曲としてマックス・スタイナーが作曲したものであり、作品ではMGMスタジオ専属のオーケストラが演奏している。パーシー・フェイスは1961年にこの曲を含む映画音楽名曲集をリリースし、彼のレパートリーの中でも代表的な曲となった。

人によっては退屈な環境音楽に聞こえるかもしれないが、村上春樹はこうした音楽が基本的に嫌いではないのだと思う。それは1960年代に「先進的な」ジャズ・ファンの多くがフリー・ジャズに傾倒していたときですら、堅実な演奏で知られるスタン・ゲッツを愛好し続けていた彼自身の美意識と重なるものである。過度に自己主張するのではなく、自らの領分をわきまえて地道に匿名的な仕事をこなすこと。村上作品でレストランやエレベーターに流れるBGMの曲名がいちいち記述されるのは、著者のこうした姿勢を反映したものだといえる。

アンディ・ウィリアムス
「ハワイアン・ウェディング・ソング」

054

収録アルバム：
『Two Time Winners』
1958年

1927年生まれのアメリカの国民的歌手。地元の教会で兄弟3人とヴォーカル・グループを結成した彼は1953年にソロ活動を開始し、62年から71年にかけてテレビ番組『アンディ・ウィリアムス・ショー』のホストを務めた（この番組はNHKでも放映されたため、日本での人気も高い）。多くの映画の主題歌を手がけ、「ムーン・リバー」や「酒とバラの日々」などが代表曲として知られる。

「ハワイアン・ウェディング・ソング」はもともと1926年にハワイ出身のチャールズ・E・キングが作曲したものだが、1958年に書き直されたヴァージョンをアンディ・ウィリアムスが歌い、それが全米11位に上がるヒットとなった。

村上作品では『ねじまき鳥クロニクル』に登場するクリーニング屋で流れるシーンが印象的である。語り手が妻のブラウスを持参した際、イージー・リスニングの愛好家でもある店主はアンディ・ウィリアムスの「ハワイアン・ウェディング・ソング」や「カナディアン・サンセット」に聞き入って

登場作品
『ねじまき鳥クロニクル』

いると描写されている。

　村上春樹はこうしたイージー・リスニングの作曲家や歌手についてたびたび言及するが、そのジャンルの歴史について簡単に触れておこう。実は1950年代半ばにロックンロールが誕生した頃、33回転の「ロング・プレイング（LP）」レコードがジャズやポップスなど大人向けの音楽のメディアとして定着していた。当時、アメリカの音楽市場は「世代」による分化が進んでおり、若者向けの曲がシングル盤として流通する一方、大人向けの楽曲はLPに録音されるようになったのだ。

　この「大人向けのジャンル」で活動したのが、フランク・シナトラやアンディ・ウィリアムスなどのシンガーであり、先述したパーシー・フェイスなどの作曲家である。それは音楽市場全体に大きな影響を及ぼし、ビルボードは1961年に「イージー・リスニング」チャートを新たに創設した。

マーティン・デニー「モア」

055

収録アルバム：
『ヴァーサタイル・マーティン・デニー』
1962年

登場作品
『アフターダーク』

「エキゾチック・サウンド」の創始者として知られる作曲家、編曲家。クラシック音楽の教育を受けた彼は１９５４年にハワイを訪れ、貝殻や鳥の鳴き声、あるいは琴やガムランなどの民族楽器などを用いて「南国の楽園」をモチーフとしたサウンドを作り出す。大ヒット曲「静かな村」を含むアルバム『エキゾチカ』（57年）は当時のオリエント趣味とも合致して全米1位を記録した。日本ではYMOの細野晴臣が傾倒し、90年代以降もモンド／ラウンジ・ミュージックの流行とともに再評価が進んだ。『アフターダーク』でデニーズのBGMとして流れる「モア」は『ヴァーサタイル・マーティン・デニー』（62年）に収録された曲で、もともとは映画『世界残酷物語』（62年）のテーマ曲としてリズ・オルトラーニが作曲したもの。夜の都会を「一種の異界」として描く本作品のエキゾティシズム（異世界性）をより一層引き立てる、象徴的な選曲だといえるだろう。

フリオ・イグレシアス「ビギン・ザ・ビギン」

056

登場作品
「フリオ・イグレシアス」
（『夜のくもざる』収録）

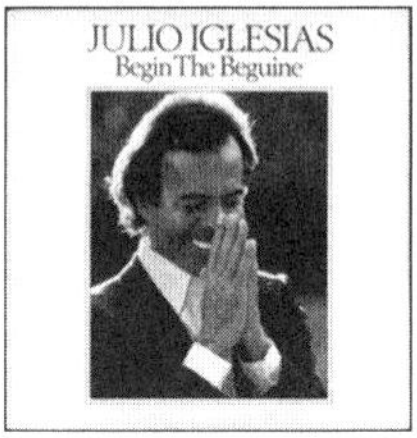

収録アルバム：
『ビギン・ザ・ビギン』
1978年

これまでに14ヶ国語で80枚以上のアルバムをリリース、全世界で作品が2億枚以上売れたといわれるスペインの国民的歌手であり、ポピュラー音楽史上最も成功したシンガーの一人。歌手として活動を始めたのは1960年代後半だが、世界的に人気が高まるのは78年に「ビギン・ザ・ビギン」のカヴァーが大ヒットしてからである。その甘いルックスと歌声は世界中のおばさまを魅了し、1980年代には日本の歌番組にも頻繁に出演した。だが、当時は「まともな音楽ファンは決してフリオ・イグレシアスを認めない」という空気があったのも確かで、短篇「ファミリー・アフェア」の語り手がその音楽を「モグラの糞」と称し、『夜のくもざる』所収の（超）短篇「フリオ・イグレシアス」において、登場人物が海亀退治のために「砂糖水のような声」で歌われるこの曲を流す場面もそうした文脈による。では実際にそれほどひどい音楽なのか、この機会にあらためて聴きなおしてみるべきだろう。

レイ・チャールズ「旅立てジャック」

057

登場作品
『ダンス・ダンス・ダンス』

収録アルバム：
『Ray Charles Greatest Hits』
1961年

アメリカを代表する黒人音楽家の一人であり、ブルースとゴスペルなどを融合させることでソウル・ミュージックというジャンルの確立に寄与した。1952年にアトランティック・レコードと契約すると、レーベルを代表するアーティストとして「ホワッド・アイ・セイ」（59年）、「ジョージア・オン・マイ・マインド」（60年）、「愛さずにはいられない」（62年）などのヒット曲を次々にリリースする。盲目のシンガーであり、ローリング・ストーン誌が2002年に発表した「最も偉大な100人のミュージシャン」では10位に挙げられている。村上春樹の作品ではこの曲のように、「歌詞を暗記するくらい毎日繰り返して聴いた」オールディーズとして言及されることが多いが、『ダンス・ダンス・ダンス』で触れられる「ボーン・トゥ・ルーズ」の「僕は生まれてからずっと失い続けてきた」という歌詞は、喪失という作品の主題とかかわっている。

ヘンリー・マンシーニ「ディア・ハート」

058

収録アルバム：
『ディア・ハート』
1964年

登場作品
『ノルウェイの森』

グラミー賞受賞20回を誇る映画音楽家、編曲家。第二次世界大戦に従軍後、当時グレン・ミラー・オーケストラを率いていたテックス・ベネキーのもとでピアニストとアレンジャーを務め、40年代後半からテレビや映画のサウンドトラックを手がける。オーソン・ウェルズ監督の映画『黒い罠』やブレイク・エドワーズ制作のテレビ・シリーズ『ピーター・ガン』のテーマ曲で一躍有名になり、映画『ティファニーで朝食を』や『酒とバラの日々』などで聴かれる美しくロマンティックな旋律はいまだに多くのファンを魅了してやまない。『ダンス・ダンス・ダンス』でマンシーニ作曲の「ムーン・リバー」が「天井に埋め込まれたスピーカー」から流れるシーンがあり、それはパーシー・フェイスやポール・モーリアなど同じように匿名的なBGMの扱いだが、『ノルウェイの森』ではクリスマスに「僕」が直子に「ディア・ハート」を贈るという特別な役割を担っている。

ジェイムズ・テイラー「アップ・オン・ザ・ルーフ」

059

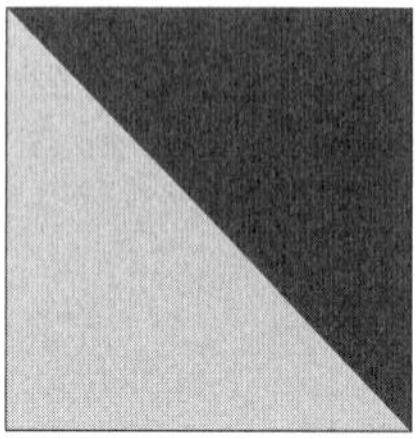

収録アルバム：
『フラッグ』
1979年

登場作品
「日々移動する腎臓のかたちをした石」
（『東京奇譚集』収録）

短篇「日々移動する腎臓のかたちをした石」（『東京奇譚集』）で流れるこの曲は、もともとキャロル・キングとジェリー・ゴフィンが作曲し、黒人ヴォーカル・グループ、ドリフターズが1962年にリリースして全米5位に上がるヒットとなった曲である。キングとゴフィンは若くして結婚し、音楽業界で作曲家として活動し始める。その後2人は離婚し、70年代に入りキングは親友ジェイムズ・テイラーなどとともにシンガーソングライターとして活躍する。「落ち込んだときには屋根に登って星空と街を見つめる、そうすれば迷いも消える」という歌詞について、ゴフィンは常々自分の書いた中でもベストのひとつと考えていた。ジェイムズ・テイラーが79年の『フラッグ』に収録したヴァージョンとドリフターズのオリジナルをぜひ聴き比べてほしい。両者とも村上作品に何度か登場するアーティストだが、この2曲の違いに時代の変化を感じ取ることができるだろう。

リッキー・ネルソン「ハロー・メリー・ルウ」

060

登場作品
『1973年のピンボール』

収録アルバム：
『リック・イズ・21』
1961年

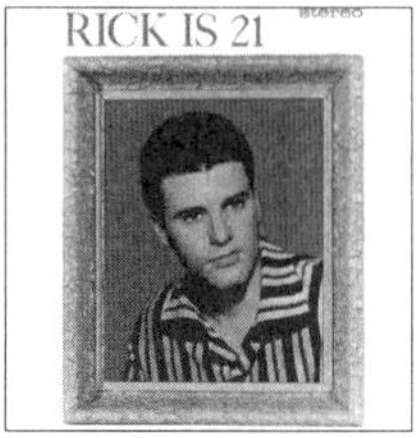

テレビの子役俳優として活躍していたネルソンは、1957年にアイドル歌手としてデビューする。カール・パーキンスに憧れる17歳のアルバム『リッキー』は大ヒットとなり、チャート1位の最年少記録を打ち立てた。『1973年のピンボール』で「1961年」を代表する曲として挙げられる「ハロー・メリー・ルウ」は、チャート1位を獲得した「トラベリン・マン」のB面として発表された。ここにもボビー・ヴィーの「ラバー・ボール」と同じように、村上春樹特有の恣意的な選択がみてとれる。誰もが知るヒット曲を記述することで立ち上がる〈公的な歴史〉を拒絶し、作品のいたるところに代替可能な記号を忍ばせることで、初期村上作品における音楽は読者の想像力を喚起しているといえるのだ。ネルソン自身はその後、70年代にカントリー・ロックのジャンルを開拓するものの、以前ほどの成功を収めることはできずに1985年に交通事故で亡くなった。

クラシック

〜異界への前触れ

ヴィヴァルディ「調和の幻想」

061

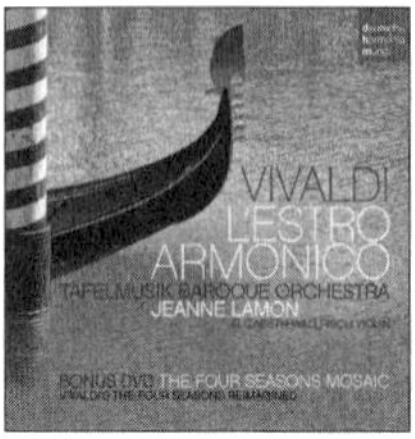

収録アルバム：
エリザベス・ウォルフィッシュ、ジーン・ラモン、
ターフェルムジーク・バロック・オーケストラ
『『調和の霊感』より』
2007年

『1973年のピンボール』では、2つのバロック音楽が奇妙なポジションで登場する。ひとつは、ヘンデルの「リコーダー・ソナタ」で、かつて主人公で、語り手である「僕」の「ガールフレンド」がプレゼントしてくれたものだという。かつての「ガールフレンド」と「僕」は、その音楽を「かけっぱなしにしながら、何度もセックスしたものだ」といった何年も前の思い出がそこで語られる。

2つめは、機動隊が大学に突入したときの「ヴィヴァルディの《調和の幻想》がフル・ボリュームで流れていた」という記述。誰もいないバリケードのなかで、ヴィヴァルディが鳴っているという、非現実な光景ではあるが、それゆえに美しい詩情を湛えた場面だ。

それは「調和の幻想」という曲のタイトルのせいかもしれない。彼らの運動の最終目的である「世界の調和」が、幻想に終わった、結局は幻想的なものだった、と読者に思わせてしまうような。

登場作品
『1973年のピンボール』

もちろん、このヴィヴァルディの協奏曲集は、そういった意図を持つ曲ではない。この「調和の幻想」は「調和の霊感」との別訳が示すように、「音の調和のインスピレーション」という意味にすぎないからだ。そこには、作曲家の「俺っちが新しい和声を用いた音楽の熱ーいほとばしりを聴け！」というオラオラな意欲だって込められていたはずだ。

しかし、これがヴィヴァルディではなく、ほかのクラシック音楽であったなら、この場面の詩情はまったく生まれてこなかったのではないだろうか。ベートーヴェンならば、そのヒロイックさがすごくカッコ悪いし（大江健三郎は『ピンチランナー調書』でこんな場面を描いた）、ワーグナーであればそれを通り越し、滑稽でさえある（神々の城が崩れる音楽と共に、機動隊が突入してくる場面を想像すると、まんまドリフターズのコントだ）。

この場面は、中身がまるでないといっていいくらい華麗なヴィヴァルディの音楽が、まったくふさわしい。バリケードの壁が崩され、これまで暗がりだったところに晩秋のやわらかな光が差し込み、そこで無意味なまでに、がなり立てているヴィヴァルディ。

過去を美しいものとして振り返るときに、村上作品のなかではバロック音楽が奏でられる。前述したヘンデルの「リコーダー・ソナタ」は、死んでしまった「ガールフレンド」との取り戻せない過去を象徴する。あるいは、『ダンス・ダンス・ダンス』でのパーセル、『1Q84』のテレマンも、現在と過去の深い断層を暗示し、やはり取り戻せぬ過去が「そんなに感傷的じゃないけど」といった身ぶりを加えて語られる（いずれも、セックスをした次の朝という設定が共通する。過去の美しさは性的なものとも密接に結びつく）。

『1973年のピンボール』の時代（80年）は、すでに先鋭的な変化も現れていたにしろ、バロック音楽のほとんどは19世紀からのロマン派の流儀の延長で演奏されていた。そのおかげで、バロックは品良く、郷愁を誘う音楽として、この小説のなかで機能できたのではないか。

現在のバロック音楽の演奏は、自由闊達な独奏に、通奏低音が猛烈にビートを刻むのが主流だ。当時の音楽が目指していた「感情に則した劇的な表現」が踏襲されているわけだ。ヴィヴァルディの「四季」の演奏で知られるイ・ムジチ合奏団などに親しんできた人にとっては、ヘヴィメタルかジプシー音楽かと思わせる、トンガリまくった演奏も少なくない。「調和の幻想」にも、そんなホットな演奏がいくつかある。ターフェルムジークによる、キビキビ高速なドライブ感で疾走する独奏ヴァイオリンに、雄弁極まりない通奏低音。この演奏があれば機動隊に勝てたと思わせる勢いだ。

シューベルト「ピアノ・ソナタ第17番」

062

収録アルバム：
ユージン・イストミン
『協奏曲、ソロ録音全集』
1969年

『海辺のカフカ』の作中で、登場人物が長々とひとつの音楽について語る場面がある。クルマを運転中の「大島さん」が、「僕」＝「カフカ少年」にシューベルトのソナタ第17番について滔々と自説を述べるのだ。このソナタは不完全であり、それゆえに惹きつけられると。

村上は音楽について書いたエッセイ集『意味がなければスイングはない』でも、この曲を大々的に取り上げ、数多いシューベルトのソナタのなかでも特に愛好していると書く。そして、ここで述べられている『海辺のカフカ』の大島さんが語るシューベルト観は、作者のそれとまったく同一といっていい。

特に、シューベルトのソナタにある「冗長さ」や「まとまりのなさ」「はた迷惑さ」が心に馴染むという。そして、それが「融通無碍な世界」であると説く。

確かに、それらの音楽は、実にさりげない。しかし、その日常的なさりげない音楽が、唐突に翳りを帯び、聴き手を想

登場作品
『海辺のカフカ』
『意味がなければスイングはない』

像を絶する世界へと瞬間移動させる。それでいて、何も無かったような平気な顔をして、もとの日常が帰ってくる。

天才的なドライブ力によって、多彩な世界を駆け抜けるモーツァルトの音楽とも、ベートーヴェンの活劇ともいえるドラマトゥルギーにぶんぶん振り回される音楽とも違う。シューベルトの音楽は、決してそんなシャープな展開を見せない。愚鈍ともいえるような顔つきで、何気ない日常の隣に、得体の知れぬ世界がぬらっと潜んでいることを教えてくれる。え、これって誰かさんの小説みたいじゃない？　そう、本人も素知らぬ顔で意識しているはずだが、村上春樹の長篇小説は、シューベルトのピアノ・ソナタによく似ているのだ。共通するキーワードは、一寸先は異界。

この曲、シューベルトのソナタのなかでは、決してメジャーではない。全4楽章で40分近くかかる大作で、『海辺のカフカ』で大島さんに言わせているように、不完全さが目立つ。方向感覚を失わせるようなギクシャクとした変化、次がどうなるかまったく読めない展開。全体として統一感も薄く、バラバラな印象。聴いていて落ち着きがあまり良くない。この流れのなかで、最終楽章の、可愛らしくも、また人を食ったような主題を聴くと、その唐突さに苦笑してしまうほどである（それでいて、それが翳りを帯びる中間部のうすら寒さもすばらしい）。『ダンス・ダンス・ダンス』や『ねじまき鳥クロニクル』あたりが、このソナタ第17番の世界に近いといっていいだろう。来歴の知れぬ奇妙な人物が突然登場し、受け身の語り手があらぬ方向に引っ張られていくような。『意味がなければスイングはない』では、春樹自身がこの曲のディスクを15枚並べて演奏評をやっていて、実に面白い。彼が薦めるピアニストは、ユージン・イストミン、ヴァルター・クリーン、クリフォード・カーゾン、レイフ・オヴェ・アンスネス。いずれも、表現は淡泊系で、素っ気ない。念入りな表現だったり、知的にすぎたりと、弾き手の体臭を強く意識させる演奏は敬して遠ざけられ、楽章ごとにバラバラな印象をソフトにまとめることができるバランス感覚に長けた演奏ばかりが並ぶ。つまり、てんでバラバラな素材を、無理することなく、ゆるやかにひとつの物語にまとめる能力だ。あ、これも村上春樹っぽい。特に彼が最初に聴いて思い入れがあるイストミン盤は、そのドライなタッチでさらりと明るい音色が際立っている。うんうん、この語り口こそ春樹ワールドそのものじゃないか！

ヤナーチェク「シンフォニエッタ」

063

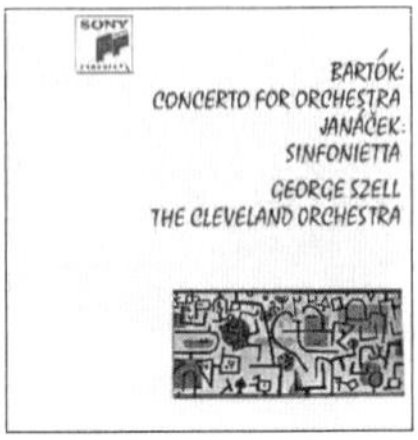

収録アルバム：
ジョージ・セル、クリーヴランド管弦楽団
『バルトーク：管弦楽のための協奏曲、
ヤナーチェク：シンフォニエッタ』
1965年

村上作品の主人公が異界といわれる場所に足を踏みいれるとき、その前触れとして、あるいはその契機になるのが、クラシック音楽であることが少なくない。つまり、クラシックは異界への窓あるいは鍵として機能しているといってもいいくらいだ。『1Q84』では、ヤナーチェクの「シンフォニエッタ」がそうだ。この音楽は、現実と異界、あるいは2人の主人公をつなげる「橋」の役割を果たしている。冒頭、渋滞したタクシーの車中で、この音楽が鳴るとき、それは主人公が異界への扉に触れたことを意味するのだ。

ヤナーチェクはまことに不思議な作曲家だ。彼のどの作品を聴いても、すぐにこれはヤナーチェクだとわかるような際立った特徴を持ち、かなり斬新なことをやっていても、容易にそうわかるようには響かず、ベートーヴェン的な闘争抜きで高揚する音楽を書き、かつスタイリッシュに鳴らせるセンスで、主要登場人物が動物だらけの不思議ちゃんテイストのオペラを書いたりする（彼の「利口な牝狐の物語」は、オペ

登場作品
『1Q84』

ラ芸術において五本指に入る美しい傑作だ）。

　この「シンフォニエッタ」も、ヤナーチェク節が満載である。東洋的な五音階を用いたり、植物が育っていくように主題が成長するなど、従来の肉食系の西洋音楽とは一風変わった、草食系の風合いを持つ。当初は、体育大会（日本でいう国体みたいなものだろう）のために構想したということで、通常のオーケストラに加え、金管楽器の別動隊が必要とされ、採算的に割に合わないためか、その知名度の割には、頻繁に演奏会で取り上げられることはない。ただし、この『1Q84』の青豆と天吾の小学生時代のエピソードのように、アマチュアによって演奏される機会には恵まれているといえるだろう。

　シンフォニエッタとは、小さい交響曲といった意味。堅固に組み立てられた交響曲とは違い、フレーズを繰り返し、それが変化していくことによる、変奏曲にも似た、広がりのある構成感が特徴だ。最終楽章は、第一楽章のファンファーレを最初は短調に、次に長調に戻すなど、ユルやかに全体を統一しようという意図もうかがえる（ユルい統一感といえば、『1Q84』の構造にも通じるところがあろう）。

小説中で、青豆が聴くのは、セル指揮クリーヴランド管弦楽団の演奏、一方、天吾のほうは小澤征爾指揮シカゴ交響楽団。2人の登場人物が、同じ曲の別の録音をそれぞれ聴く。同じ風景を見ても、人によって見えているものにズレが生じるみたいに。何よりも、わざわざ2つの違うこれらの演奏を村上春樹が用意したことがポイントだ。

セル盤の特徴は、鋭い拍節感で、ひとつひとつの細部まで明瞭かつ雄弁に描く演奏にある。テンポは、異常なほどに遅い。そして、何よりも意識が覚醒した音楽で、スマートというよりも、得体の知れぬようなスタイリッシュさが印象的だ。

一方、小澤盤のテンポは中庸だが、セル盤にはない不思議な熱気がある。熱情が全体の流れを作っていく。細部の表現も緻密だが、どこか「しっかりとお勉強してきました」という勤勉さが音楽ににじみ出ている（小澤征爾ならではのスタイルといっていい）。

　両者に共通しているのは、プレイヤーの意志の強さがうかがえるような音楽になっていることだ。アメリカ人以外の指揮者がアメリカのオーケストラを振っているという共通点が、その理由のひとつでもあろう。

　セル盤の強い意志は、青豆の行動力やそのシャープな性格に現れており、小澤盤の情熱と妙なダササは、天吾の人物設定そのままではないか。２つの「シンフォニエッタ」は、２人の人物を見事に描き分けているのだ。

リスト『巡礼の年』より「ル・マル・デュ・ペイ」

064

収録アルバム：
ラザール・ベルマン
『巡礼の年（全曲）』
1977年

ダイナミックに世界間の移動を示した『海辺のカフカ』や『1Q84』とは違い、『色彩を持たない多崎つくると、彼の巡礼の年』は、単一の世界にギリギリ留まって、その人間心理の繊細さをクローズアップした作品であった。「異界」は、主人公つくるの夢という出入り口からほのめかされ、底知れぬ恐ろしさをうかがわせつつも、彼はそこに降りていくのではなく、人々のネットワークによって救済される。

登場人物たちの奥深い部分をつなぐ役割が音楽に与えられている。つくるとシロとクロ、そしてシロとクロの融合した人物として機能する灰田。彼らの心の奥を結びつけるのは、リストのピアノ曲集『巡礼の年』に収められた「ル・マル・デュ・ペイ」だ。

全4巻からなる『巡礼の年』は、リストが旅や文学作品の印象などの集めたスケッチ集だ。「ル・マル・デュ・ペイ」は最初の巻「第1年・スイス」の8曲目で、この壮大な曲集のなかでは、単独では弾かれることはまずない、かなり地味

登場作品
『色彩を持たない多崎つくると、彼の巡礼の年』

目といっていい曲である。このタイトルは、一般的には「郷愁」などと訳され、灰田はつくるに「田園風景が人の心に呼び起こす、理由のない哀しみ」と説明している。

印象的な単旋律で開始され、数小節ごとに調性は変化し、ふらふらとさまよう。主部に入ると、民謡風の旋律（スイス傭兵の唄が原曲）が聴こえてくるが、すぐ最初の雰囲気に戻ってしまう。中間部で唐突に長調に転じる部分は、甘いメランコリーを感じさせるが、やはりそれも長続きしない。

まさしく、シロの不安定な精神状態をまんま表したような曲なのだ。ちなみに、この曲は、20代の若いリストが『旅のアルバム』なる作品集の1曲としてはじめ書かれた。その元になった曲を聴くと、出だしの旋律は一緒だが、中間部はガラリと変わり、舞踏風の楽しげな音楽になる。完全に違う印象を与える作品だったのだ。20年後、オトナになったリストが、新しい曲集を作る際、このようなまったく不健康な作品に書き換えてしまったというわけである。

　この曲は、かつてのシロが弾いていた曲だった。つくるがその曲に再会するのは、灰田が持って来たベルマンの演奏したレコード。リスト弾きとして名高いベルマンだが、同じリストでも「超絶技巧練習曲」なる難曲をとてつもないテクニックでバリバリ弾いて、客席を唖然とさせる、といった芸風で知られている。ただし、この『巡礼の年』を聴くと、熟練の味わいが加わったのか、ずいぶんと表現の濃さが際立っている。豊かな色彩で、一音一音に意味を込めるように弾いていて、多少重苦しい。

　おそらく、これはつくるからシロへの思いなのだろう。その耽美的な演奏は、まさしく「色彩を持った」リストだ。無色だったつくるは、色彩に憧れていたのだから。

　この小説には、もうひとつの「ル・マル・デュ・ペイ」演奏が出てくる。つくるがフィンランドを訪れてクロに会いに行ったとき、クロが自宅でかけてくれるブレンデルの演奏したＣＤである。ブレンデルは、ベートーヴェンやシューベルトなどのドイツものを得意としたピアニスト。彼がリストを弾くと、透明感があって、理知的で引き締まった美しさが出てくる。どちらかといえば、端正。つまり、「色彩を持たない」演奏だ。

クロは、かつてつくるに恋をしていたという。つまり、クロのつくるへの思いが、この無色なブレンデルの演奏に託されている。もちろん、そこにはクロからシロへの思いも同時に含まれている。

ベルマンの演奏を愛聴していたつくるは、このブレンデルの演奏を耳にすることで、これまで途切れていたものがつながっていたことを知る。彼は音楽によって、現実の居場所を見出す。いや、この音楽がなかったら、ずいぶん中二病的な小説で終わったような気も……。

ベートーヴェン「ピアノ協奏曲第３番」

065

収録アルバム：
グレン・グールド（ピアノ）、
レナード・バーンスタイン指揮コロンビア交響楽団
『ピアノ協奏曲第３番』
1959年

「小指のない女の子」が勤めるレコード屋で、「僕」はこのレコードを買う。女の子は尋ねる。「グレン・グールドとバックハウス、どっちがいいの？」。

村上春樹の最初の小説『風の歌を聴け』で、「僕」が選んだのは、ベートーヴェン演奏の正統派であった「鍵盤の獅子王」バックハウスではなく、カナダの変人ピアニスト、グールドだった。もしも、ここで「僕」がバックハウスを選んでいたら、小説家・村上春樹は生まれなかったかもしれない。

バックハウスの弾くベートーヴェンは、小気味いい流れで全体をさらりとまとめる。シュミット＝イッセルシュテットが指揮するウィーン・フィルとの共演で、完成度の高さは折り紙付きといっていい。

一方、グールドの弾くベートーヴェンは、まったく一筋縄で行かぬ。第1楽章は、バーンスタインが指揮するコロンビア交響楽団とソリが合わず、ずいぶんと窮屈そうに聴こえる。それがカデンツァの場面では一転して意気揚々とした表情に

登場作品

『風の歌を聴け』

変わるなど、全体としてムラが多い。グールドとベートーヴェンのアンビヴァレンツな関係がそのまま出ているようだな。

　この演奏の最大の聴き所は、第2楽章だ。遅いテンポのなか、ポツリポツリと弾かれるピアノの白々とした美しさ。濾過したような孤独感。すべての意味や感情をクールに拒否しつつも、抗しきれないものがうっすらとその存在感を示しているといったような、この小説の世界観が表れているのではないだろうか。

「僕」はこのレコードを「鼠」に贈る。もう間を縮めることのできない相手に。その両者に、気鋭の演奏家同士、お互いを認め合いながらも、関係を深められなかったグールドとバーンスタインの姿をつい重ねてしまうのは、春樹読みの悪い癖と思いつつ。

シューマン『森の情景』より「予言する鳥」

066

収録アルバム：
ヴァレリー・アファナシエフ
『クライスレリアーナ、森の情景』
1992年

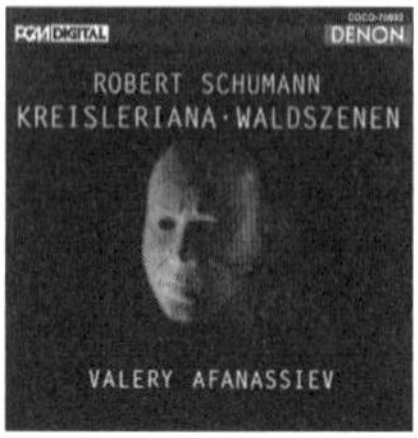

『ねじまき鳥クロニクル』第1～3部には、鳥に関係する音楽作品からそれぞれサブ・タイトルが付けられている。第2部「予言する鳥編」は、シューマンのピアノ作品『森の情景』のなかの1曲「予言する鳥」に因む。離婚してくれという妻の手紙を読んだあと、「僕」がビールを飲みながらラジオのスイッチを入れると、この曲が流れる。「僕」は、妻が他の男とセックスして「相手の背中に爪を立てたり、シーツの上によだれを垂らしたりしているところを想像」する。

薄暗めのロマンティシズムを宿した作品集『森の情景』のなかでも、この作品は異様な雰囲気を持つ。違う世界で鳴いている鳥のように、それは遠くから、そして不穏に響く。「僕」の妄想と痛々しいまでに連動し、同時に、そのずっと背後で世界のねじを巻くねじまき鳥の存在を示すように。この第2部は、そんな不穏な雰囲気に満ち溢れ、最後は「僕」は謎の女と妻が結びつく啓示を受けつつも、明確な解決に至らず、落ち着かない気分のままに終わる。

登場作品

『ねじまき鳥クロニクル』

『森の情景』は、シューマンが38歳のときに書かれた、全9曲から構成されるピアノ独奏のための作品集。20代で書かれた『クライスレリアーナ』や『謝肉祭』のような、ピアニズム全開、イケイケ調な作品とは違い、内省的で落ち着いた作風を持ち、ドイツ・ロマン派ならではの文学的なモチーフが色濃い。「予言する鳥」は第7曲目。半音階的な動きが神秘的な印象を与えている。たくさんの演奏家がこの作品を録音しているが、なかでもロシアの異才アファナシエフの演奏がユニーク。時間感覚が狂ったような遅いテンポが、ミステリアスさを強調している。陶酔しているはずなのに、どこか醒めているこの演奏は、『ねじまき鳥クロニクル』の世界にも似合っているはずだ。

ロッシーニ「歌劇『泥棒かささぎ』序曲」

067

収録アルバム：
クラウディオ・アバド、
ロンドン交響楽団
『序曲集』
1975年

『ねじまき鳥クロニクル』では、「予言する鳥」と同様、第1部「泥棒かささぎ編」と第3部「鳥刺し男編」でも、その音楽に因んだ世界が描かれている。「泥棒かささぎ」はロッシーニの同名のオペラ、「鳥刺し男」はモーツァルトのオペラ『魔笛』を意味する。

「『泥棒かささぎ』序曲」は、キューブリック監督の名画『時計じかけのオレンジ』で、悪ガキたちの乱闘シーンでも使われた印象的な曲。小説の冒頭、パスタを茹でながら、ラジオから流れるこの曲に合わせて口笛を吹いている「僕」は、その後、異界から奇妙な電話をもらうことになる。

オペラ『泥棒かささぎ』は、かささぎの悪戯に翻弄される人々を描く。最後は、偶然の力ですべては解決し、めでたしめでたしの結末を迎える。ねじまき鳥の見えない力によって奇妙な出来事に巻き込まれていく「僕」。そして、「妻はきっと戻ってくる」という楽観的といえぬまでも、受動的な「僕」の姿が、そこには象徴されている。

登場作品

『ねじまき鳥クロニクル』

一方、モーツァルトのオペラ『魔笛』には、修業や鍛練によって、勝利を勝ち取るというテーマがある。「僕」は妻が閉じ込められた世界に通じる井戸に潜り（その井戸を得るために土地まで購入し）、積極的なアプローチを試みる。

妻のいる異界のホテルのボーイは、「『泥棒かささぎ』序曲」を口笛で吹くのだが、第3部で、これを聞いた「僕」は、このオペラがどんな内容だったか、あとから調べようと考える。しかし、「もうそんなことを知りたいとも思わないかもしれない」とも思う。受動的な『泥棒かささぎ』から、能動的な『魔笛』の世界へ、と彼の心が移ろう様子がうかがえる。

もちろん、『魔笛』の能動性は、あくまでも何か（ザラストロ）に強制され、翻弄された上で成立するもの。その最後は、単純にめでたしめでたしで終わるのではない。

アバド指揮ロンドン・フィルの演奏は、テンポ速めで、弾力性があるスタイル。スマートに決めつつも、快楽性を失わない、この指揮者の演奏芸術を代表する録音だ。

モーツァルト「すみれ」

068

収録アルバム：
エリーザベト・シュヴァルツコップ、
ヴァルター・ギーゼキング
『歌曲リサイタル』
1955年

『スプートニクの恋人』におけるモーツァルトの歌曲「すみれ」は、村上作品に出てくるクラシック音楽が異界への窓、あるいは鍵であることを最もプリミティヴなカタチで描く。

語り手である「ぼく」がロードス島で、深夜に山頂から聞こえてくる音楽（ギリシアの民族音楽のようなもの）を耳にする場面だ。「ぼく」はそこで奏でられる音楽の正体を知ることはできない。しかし、島で姿を消した「すみれ」も、この音楽を耳にして山に登り、異界へと至ったのではないかと推測する。

この山頂で鳴っている音楽を耳にする前、「ぼく」はカセット・テープでモーツァルトの歌曲「すみれ」を聴いている。この「野に咲くすみれの花が、羊飼いの娘によって無意識のうちに踏まれてしまう」というゲーテの詞による歌曲が、自分の名前の由来だと知ったのは、「すみれ」が中学生のとき。そんな「救いがなく、教訓すらない」歌をどうして母親が娘の名前に使ったのかと彼女はショックを受けたの

登場作品

『スプートニクの恋人』

だった。

この場面では、「ぼく」が歌曲「すみれ」を聴くことで、異界にいる「すみれ」に何かが通じ、「ぼく」を異界へと誘ったという流れが示されている。

「すみれ」はモーツァルトの初期作品で、代表的な歌曲のひとつ。そこで歌われているのは、失われた希望と、ほのかに示されるマゾヒズムの恍惚感。この小説では、損なわれた存在としての登場人物たち、また「すみれ」と「ミュウ」との関係性も暗示される。

小説中に登場するのは、シュヴァルツコップが歌った録音。必要以上にドラマティックに仕立てることで悲劇を強調するような演奏もあるなか、シュヴァルツコップは、多彩に表情を変化させることで、作品をひとつの方向だけに押し込めない。新即物主義ピアニスト、ギーゼキングの伴奏も、きわめてクール。

バッハ「イギリス組曲」

069

収録アルバム：
イーヴォ・ポゴレリチ
『イギリス組曲第２番、第３番』
1985 年

『アフターダーク』で描かれるのは、すべては無名性で、交換可能という世界。だからこそ、ラストの交換が不可能なものがあるというシーンが俄然生きるわけなのだが、こういう世界を描いていても、音楽だけはやたら具体的に出てくるのが面白い。

たとえば、白川という男が仕事中に聴くのは「イヴォ・ポゴレリチの演奏する『イギリス組曲』」といったように。彼は、その深夜の仕事の合間に、娼婦に暴力を加え、夜が明けると家庭へと帰って行く日常を送る。

作中、ほとんどの登場人物の内面はほとんど示されない。白川にいかなる生い立ちと思想があるかなど、この小説世界では問題ではないのだ。彼は、小説を読んでいるあなたと交換可能な人間の一人に過ぎない。

彼が聴く、ポゴレリチのバッハ。それは、完全に閉じた宇宙を思わせる音楽である。

最近のポゴレリチは、完全に孤高の世界に入っている。大

登場作品

『アフターダーク』

手レコード会社と契約を続行しつつも、20年以上新譜も出ていない。なんの曲でも超スローテンポで弾き会場を凍りつかせた時期もあった。そのときの彼の音楽は、その作品の個性など関係なしに、ひたすら孤独な自分自身しか描かない。何とも結びつくことを拒否するような音楽だった。

もちろん、このバッハ録音は、まだ彼が心身とも健康だったときのもの。颯爽としたテンポで、バッハの緊密な宇宙を大胆なバランスを用いながらも緻密に描いていく。しかし、そのポゴレリチがバッハという作曲家に向かい合うときに、コソリと立ち上がってくる孤独感。それは、村人全員殺され、生き残った自分が独りぼっち、といったストーリー仕立てのものでは決してなく、生まれながらにして誰も存在せぬといった、普遍的な属性なのだ。

だから、白川の孤独には理由はいらない。そして、現代とは、そういうものに直面させられる時代でもあるのだ。

ワーグナー「歌劇『さまよえるオランダ人』序曲」

070

収録アルバム：
ヴィルヘルム・フルトヴェングラー、
ウィーン・フィルハーモニー管弦楽団
『ワーグナー　管弦楽曲集』
1949～54年

村上作品において、ワーグナーは決して重要な作曲家ではない。雄大にして雄弁、壮大な叙事詩を描いたワーグナー。おそらく、彼の好みではないのだろう。三島由紀夫を彼が評価していないように。

具体的なワーグナー作品が村上作品で登場するのは、ショートショート「パン」および、その後日談となる短篇「パン屋再襲撃」のみ。あとは、『海辺のカフカ』、『多崎つくる～』、『1Q84』で、登場人物の口からその作曲家の名前が出る程度だ。

「パン」はこんな話だ。飢えた「僕」と相棒が、パン屋を襲ってパンを奪おうとするが、パン屋の主人は、「ワーグナーを好きになれば、好きなだけパンをやる」と言う。「僕」たちは、ワーグナーのレコードに耳を傾け、大量のパンを労することなく得る。

「パン屋再襲撃」は、それから何年もたった「僕」と妻が空腹の寝つけない夜を過ごしているというシーンから始まる。

登場作品

「パン屋再襲撃」
（『パン屋再襲撃』収録）

パン屋の主人との取引きにより、強奪なしにパンを得たために、何をやっても満足できない「呪い」をかけられた「僕」。彼を救済するために、再襲撃を強く主張する「妻」。学生運動を始めとする、社会改革が中途半端に終わってしまった忸怩たる思い。それは「呪い」となり、社会に重くのし掛かっていることを象徴的に描いた作品でもある。

ここで、村上春樹がワーグナーの作品に託したのは、「呪い」だ。たとえば、『ニーベルングの指環』の呪われた指環。それは、『ねじまき鳥クロニクル』で、間宮中尉にかけられた「人を愛することも、愛されることもない」という呪縛を思い起こさせる。

そして、「パン屋再襲撃」で登場する『さまよえるオランダ人』も、貞節を捧げる女性が現れるまでは海上をさまよわなければならないという呪いをかけられたオランダ人船長を描いたオペラだ。フルトヴェングラー指揮ウィーン・フィルの剛演で是非呪われて欲しい。

シューベルト「鱒」

071

収録アルバム：
イアン・ボストリッジ、
ジュリアス・ドレイク
『Schubert: Lieder』
1998年

『神の子どもたちはみな踊る』の最後に収められた短篇「蜂蜜パイ」は、『ノルウェイの森』の登場人物たちの仮想未来を描いたような作品だ。つまり、キズキが自殺せずに直子と結婚し、子どもを授かったとしたら、「僕」はどう対応したのだろうという仮定上で成立している。

小説の柱となっている三角関係は、淳平が小夜子の娘沙羅に語ってきかせる創作ストーリーと重ね合わせられることで、複雑な味わいを醸す。そして、それに加えて物語をさらに重層化し、複雑な心理表現を可能にしているのが、小夜子がそのメロディーをハミングするシューベルトの歌曲「鱒」だ。

この歌曲の詞の大意は、「川に泳ぐ鱒を見る語り手」（第1節）、「釣り人が鱒を釣ろうとするが川面が透明すぎて失敗」（第2節）、「川を濁らせた釣り人が鱒を仕留めてしまうのを語り手が嘆く」（第3節）。原詩にはこのあとに「男はこうして女をたぶらかすものだから、お嬢さんたちは注意しましょ

登場作品

「蜂蜜パイ」
（『神の子どもたちはみな踊る』収録）

う」といった節があるが、作曲にあたって、シューベルトはこの教訓めいた第4節をカットしている。

第3節では、鱒をまんまと釣り上げる様子が劇的に、不安な音楽で描かれる。最後の「そして私は腹を立てながら罠に落ちた鱒を見つめていた」という部分は、語り手が怒っているというより、村上春樹の決めゼリフ「やれやれ」そのものといっていい調子の音楽が付けられている。

小夜子がこれをハミングするのは、「ボンヤリ見ているだけで、なんであんたが最初に私を口説かなかったのよ」というメッセージだ。そして、それを「やれやれ」で済ましてしまう淳平への生々しい怒りと見なすことはできないだろうか。言語化できない生々しいわだかまりを小夜子自身が抱えているという示唆として。

ディスクを1枚選ぶとすれば、表現が気持ち良くピタリと決まるボストリッジの演奏か。最後の「やれやれ」な気分は、インテリな雰囲気を崩さぬ彼ならではの表出力だ。

シェーンベルク「浄夜」

072

収録アルバム：
ズービン・メータ、
ロサンゼルス・フィルハーモニー管弦楽団
『Verklarte Nacht / Chamber Sym / Erwartung / 6 Songs』
1967年

『世界の終りとハードボイルド・ワンダーランド』で、意識が消滅するまで24時間に迫った「私」が、その死出の旅の車中で聴く音楽として、音楽テープをレコード屋で求めるシーンがある。ジョニー・マティス、ボブ・ディラン、ケニー・バレルのアルバムに加え、ピノック指揮の『ブランデンブルク協奏曲』とメータの指揮する「浄夜」という「雑多な組み合わせ」。ここで展開を象徴する役割はボブ・ディランにガッツリと与えられているのだが、脇役である2つのクラシック音楽も、さりげなくいい隠し味になっている。

バッハの『ブランデンブルク協奏曲』のほうは、ツメを切るときにカー・ステレオから流される。ツメを切る行為と、やたらキビキビ軽快なピノックのバッハの組み合わせはたまらなく映画的だ。そこに待ち合わせしていた図書館の女の子が到着し、彼女はいつもはリヒターの演奏を聴くとか、カザルスの演奏がすごいなどと言うのだが、ツメを切るならピノック以外には考えられぬ。

登場作品
『世界の終りとハードボイルド・ワンダーランド』

さて、シェーンベルクの「浄夜」のほうだが、こちらを聴くシーンはない。買ったけど、聴かなかったというわけだ。なぜだろう。

現代音楽への道をぐわっと広げてしまったシェーンベルクだが、この「浄夜」は、前衛前夜というべき、熟れ切って、ほぼ液状化しているロマンティシズムが特徴だ。デーメルの詩が元になっていて、それはこんな内容だ。

夜の森のなかを若い男女が歩いている。女は「自分は妊娠しているが、それはあなたの子どもではない」と男に打ち明ける。男は「それでも結構。自分の子どもとして育てる」と決心する。これを主人公の心境に置き換えると、諦念と浄化への憧憬か、あるいは影との関係か。だが、このメータの演奏は、ドロドロした情念とサスペンス仕立ての激しい表現に終始、浄化を打ち消すような悲劇のトーンが支配的なのだ。「私」はこれを聴かなくてホントに良かったと思う。ふわっと翳りのある最後が台無しになりそうだ。

ベートーヴェン「ピアノ三重奏曲第7番『大公』」

073

収録アルバム：
ヤッシャ・ハイフェッツ、
エマニュエル・フォイアマン、
アルトゥール・ルービンシュタイン
『ベートーヴェン：ピアノ三重奏曲第７番『大公』、
シューベルト：三重奏曲第１番』
1941年

様々な文学的記号がぎゅうぎゅうと押し込まれた暑苦しい世界を、いつものような飄々とした文体で読ませてしまう『海辺のカフカ』。2つの異なる世界が通じ合い、主人公にかけられた呪いも解かれるという村上ワールドの定番の設定ながら、ずいぶんとチカラが込められた作品に読める。つまり、ここに出てくる音楽だって、「オイディプス」や「雨月物語」といった記号と共に読み解かなくてはならないような気さえしてくるわけで。

トラック運転手の星野青年が四国の喫茶店で耳にしたのが、このベートーヴェンのピアノ三重奏曲だった。感銘を受けた星野青年の問いに応え、喫茶店の店主が、懇切丁寧にこの曲の解説をしてくれる。世渡り下手なベートーヴェンの庇護者として彼を助けたルドルフ大公に献呈された作品で云々。

こんなふうにルドルフ大公について妙に説明的なのも、ベートーヴェンはナカタさんというメタファーなのかという

登場作品
『海辺のカフカ』

伏線だろうか。また、ピアノ三重奏曲というジャンルの性質である、最初から調和を目指すのではなく、個々の演奏家の個性がぶつかり合うことで、結果として調和が生まれる形態を作品世界に重ねたのかなどと思案してみるものの、いずれも釈然とせぬ。あまりにも計算高くメタファーを張り巡らした『海辺のカフカ』は、多くの村上作品のなかでも、最も音楽そのものが鳴ってない気がする。作品名はいつも通りに出てくるのだが。

ベートーヴェンのピアノ三重奏曲のうち、最大規模で優雅さに満ち溢れているのが第7番『大公』。星野青年が喫茶店で聴いたのは、いわゆる「百万ドルトリオ」なる、戦前の巨匠たちによる調和などお構いなしに、バトル上等、好き放題やりまくった演奏だ。この奔放さが、星野青年を揺り動かすという設定なのか。他方、大島さんが好むのは、アンサンブルに主軸を置いた、まとまりのよいスーク・トリオの演奏。じつに対照的なのだ。

R.シュトラウス「ばらの騎士」

074

収録アルバム：
ゲオルク・ショルティ、
ウィーン・フィルハーモニー管弦楽団、
レジーヌ・クレスパン、
イヴォンヌ・ミントンほか
『ばらの騎士（全曲）』
1968～69年

モーツァルトの《ドン・ジョバンニ》をメイン・モチーフに掲げた『騎士団長殺し』だが、作中の音楽として印象深いのはリヒャルト・シュトラウスの「ばらの騎士」だ。最初に登場するのは、「免色」が「私」に肖像画を描いてもらうシーン。絵を描く間に聴く音楽として、免色はショルティの指揮した「ばらの騎士」のレコードをリクエストする。それ以降、そのレコードは「私」がもっとも頻繁に聴く音楽となった。また、作曲家のシュトラウスについて、その創作への姿勢が画家の「私」と共鳴し合い、さらに村上春樹のそれとも重なり合うようにも読める（これまでの彼の作品にはない描写の細かさなどに）。

ショルティ指揮ウィーン・フィルによる「ばらの騎士」の録音は、さほど愛好家の評価を得ているとはいいがたい。当時活躍していたクレスパンやミントンといった歌手をはじめ、端役に至るまで実力派を揃えた、レコード会社的にかなり気合いの入ったレコーディングながら、完全にカラヤンや

登場作品

『騎士団長殺し』

クライバー親子の演奏の影に隠れてしまっている。

その理由は、ショルティのキビキビした指揮がこの曲のもつ典雅さ、優雅さにまったく不向きなこと。様々な音が明瞭に聴こえる卓抜したサウンド設計なのだが、そこにはまったくエロスがない。クライマックスの三重唱の部分も、ワーグナーのように立派だが、作品のテーマになっている「儚さ」をまったく感じさせない。驚愕すべき不感症。しかし、この音楽が登場するたびに「他の演奏じゃダメなんです」とばかりに、必ず「ショルティ」と名前を出す作者。

音楽が無調へと突入してしまった時代に、モーツァルトのスタイルを踏襲して書かれたのが「ばらの騎士」だ。過去へ同化することで、過ぎ去った時代の美徳やコミュニケーションの豊かさを郷愁として描いたのだ。しかし、機能的に管弦楽を鳴らすショルティ盤は、妙に清潔感があって前向き。何やら「免色」的なものがそこに漂っているような印象を与えるんだよねぇ。

ヘンデル「リコーダー・ソナタ」

075

登場作品　『1973年のピンボール』

収録アルバム：
ハンス・マルティン・リンデ、
グスタフ・レオンハルト、
アウグスト・ヴェンツィンガー
『リコーダー・ソナタ作品集』
1969年

イギリス王室のために、多彩な作品を書いたヘンデル。このリコーダー（ブロックフレーテ）・ソナタも、アン王女たちのレッスン用として作曲されたのだという。複雑に書かれた通奏低音パートと対照的に、シンプルなリコーダー・パートが清々と響く。『1973年のピンボール』では、かつてのガールフレンドとの思い出になっているこのレコードを、現在のガールフレンズ（双子）と一緒に聴くというシーンがある。肉を炒める音と交じりながら響くリコーダーのまっすぐな音に対し、心情的に複雑なシチュエーションのコントラストが実に印象的だ。

リンデが奏でるリコーダーは、折り目正しさのなかに、叙情性が浮き上がる。チェンバロのレオンハルトとヴィオラ・ダ・ガンバのヴェンツィンガーとによる、おっとりとしたアンサンブルも、現在のアタック鋭く、テンション高めが主流になったヘンデル演奏に比べると、ずいぶんとノドカだ。

モーツァルト「ピアノ協奏曲第23、24番」

076

登場作品
『世界の終りとハードボイルド・ワンダーランド』
『ノルウェイの森』

収録アルバム：
ロベール・カサドシュ、
ジョージ・セル、
コロンビア交響楽団、
クリーヴランド管弦楽団
『ピアノ協奏曲選集』
1959年、1961年

ロベール・カサドシュがモーツァルトのピアノ協奏曲を弾いたレコードを聴く場面が、村上作品には2箇所ある。ひとつは、『世界の終りとハードボイルド・ワンダーランド』の第9章、「私」が「リファレンス係の女の子」を待つ場面だ。女の子はなかなか現れず、「私」はピアノ協奏曲の第23番と第24番の2曲を聴き通し、「モーツァルトの音楽は古い録音で聴いた方がよく心になじむような気がする」と思う。もうひとつは『ノルウェイの森』で、「僕」がアルバイトで知り合った「伊東」宅で、ししゃもを食べながらこのレコードを聴く。「僕」は「緑」のことを強く意識、直後に彼女に電話をすることになる。この2つのピアノ協奏曲は、長調と長調を頻繁に行き交う、モーツァルトならではの変化の多い作品。最近の新しい演奏ではその変化を大胆に表現することが多いが、このカサドシュの演奏はその前の気分を引きずったまま、感情が積み重なっていく。登場人物の心情をそっと暗示するかのよう。

リスト「ピアノ協奏曲第1番」

077

登場作品
『国境の南、太陽の西』
『スプートニクの恋人』

収録アルバム：
マルタ・アルゲリッチ、
クラウディオ・アバド、
ロンドン交響楽団
『ショパン：ピアノ協奏曲第1番、
リスト：ピアノ協奏曲第1番』
1968年

史上最も名高いピアニストが作曲した、華麗な技巧がこれでもかと詰め込まれた協奏曲だ。『国境の南、太陽の西』の「僕」が、幼いとき島本さんの家で聴き、のち彼女とコンサートでも聴くことになる曲である。『スプートニクの恋人』でも、すみれとミュウはこの曲が演奏されるコンサートに行く場面がある。『国境の南、太陽の西』では、この「とりとめのない」曲は、聴いているうちに「観念的で抽象的な」「渦」を幾重にも「僕」のなかに巻き起こす。それは、亡霊のように現れて消える後の島本さんを表してもいるはずだ。

これら2つの小説では、アルゲリッチが弾いた録音が暗示、または明示されている。これは彼女が初めて取り組んだピアノ協奏曲のレコーディングであり、その若いエネルギーの放射がただひたすらまぶしい。この彼女の動物的な鋭い表現力は、散漫な印象がなくもないこの曲を一個の強い意志のカタマリに変化させてしまう。

シベリウス「ヴァイオリン協奏曲」

078

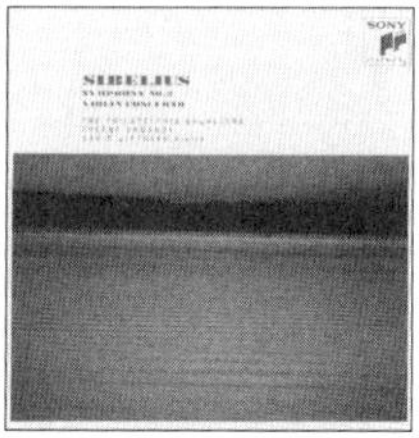

収録アルバム：
ダヴィド・オイストラフ、
ユージン・オーマンディ、
フィラデルフィア管弦楽団
『シベリウス 交響曲第2番＆ヴァイオリン協奏曲』
1959年

登場作品
『1Q84』

ヴァイオリンの名手でもあったシベリウスが作曲した、緻密かつロマンティシズム溢れるヴァイオリン協奏曲。『1Q84』Book3で、風呂につかっている「牛河」の耳にFM放送から流れてくる曲だ。この曲でシベリウスが目指したのは、従来のソリストによる名人芸的な協奏曲のスタイルから脱し、すべての楽器が絡み合う新しい様式の協奏曲だった。牛河が、Book2までの狂言回しのような役割から作品世界を作り出す重要な人物へと変化し、また彼自身も現実から異界へと旅立つことを象徴する作品といえる。特に、オイストラフの怜悧ながら骨太、シャープな切り口ながら落ち着き払って滔々と歌う演奏は、牛河のパーソナリティをやんわりと表してもいよう。

　オイストラフのシベリウス演奏は複数の録音があるが、オーマンディ指揮フィラデルフィア管の演奏が、最も村上春樹の作品世界にふさわしいのではないだろうか。

ブラームス「ピアノ協奏曲第2番」

079

収録アルバム：
ヴィルヘルム・バックハウス、
カール・ベーム、
ウィーン・フィルハーモニー管弦楽団
『ブラームス：ピアノ協奏曲第２番、
モーツァルト：ピアノ協奏曲第27番』
1967年

登場作品
『ノルウェイの森』

『ノルウェイの森』作中で、主人公の「僕」は「直子」がいる療養所を訪れ、2人きりの時間を過ごした直後、2人はその密会をうながした「レイコさん」の待つ場所に戻る。そのとき、レイコさんがラジオで聴きながら、冒頭の旋律を口笛で吹いていた音楽が、このブラームス作品の第3楽章アンダンテだ。この曲、意外なくらいにこのシーンに溶け込んでいる。直子によって射精に導かれ、そして彼女から姉の自殺の話をきくという2人だけの時間を過ごしたあとの「僕」の心象について、ここまで雄弁に語ってくれる音楽はないのではないかと思えるくらいに。冒頭のチェロの旋律は慈しみの情感に満ちて奏でられ、それがオーケストラ、ピアノ独奏に引き継がれる。ときにそれは熱を帯びつつも、全体として不思議にも落ち着いた諦念が支配しているのが特徴だ。中間部で、元の調で帰ってくるはずの冒頭旋律が、ふと翳へ短調で奏でられる。その何気ない翳りに死の影が浮かぶ。

ドビュッシー「雨の庭」

080

登場作品
『ノルウェイの森』
※作曲家名のみ登場

収録アルバム：
アルド・チッコリーニ
『版画、映像第１集、第２集、
忘れられていた映像、他』
1991 年

ビートルズの名曲からタイトルが付けられた『ノルウェイの森』。しかし、執筆当時、作家の頭のなかでは、まったく別の曲が構想されていたという。それは、ドビュッシーの「雨の庭」だ。印象主義のスタイルが確立された『版画』の3曲目にあたり、分散和音を多用した繊細な作品だ。「ねんねよ坊や」と「もう森には行かない」というフランスの童謡からモチーフが取られている（後者は『ノルウェイの森』とは「森」つながり）。雨をテーマにしながらも、湿気を感じさせることはない。これが武満徹だとめっぽう湿り気のある音楽になってしまい、そこに大江健三郎がダイレクトにつながってくるのだが、そういった系統と一線を画すドライさが、村上春樹の目指す小説世界なのだろう。ただし、草稿を読んだ作家の妻によって、ドビュッシー案は見事に却下、現行のタイトルに決まったのだという。チッコリーニのクールながら壊れやすさも感じさせる演奏がこの小説によく似合う。

ジャズ

〜音が響くと何かが起こる

ベニー・グッドマン「エアメイル・スペシャル」

081

収録アルバム：
『Benny Goodman Sextet』
1941年

富豪一家の放蕩息子で、長きにわたって数多くのタレントを発掘した（ビリー・ホリデイからアレサ・フランクリン、ブルース・スプリングスティーンまで！）ジョン・ハモンドがその才能に惚れ込んで強引にベニー・グッドマンに引き合わせ、そのセッションで共演者を圧倒して無事入団決定。あっという間にスター・ソリストの一人になったチャーリー・クリスチャンは、大メジャーのシーンで活躍しながら、同時にハーレムの「ミントンズ・プレイハウス」というアンダーグラウンドのクラブで夜な夜なジャム・セッションに興じ、のち「ビバップ」と呼ばれるアドリブ・スタイルの形成に大きな貢献をした。日本の80年代歌謡曲にたとえると、突然あらわれて『トップテン』歌番組の常連の一員になりながら、その収録後は毎晩、朝まで新宿コマ劇場周辺のディスコで最新のハウス・サウンドをDJしていた、みたいな……という解説で大丈夫でしょうか？　そんな感じで、そのまま業界のカリスマになってもおかしくなかったクリスチャンは、しか

登場作品
『羊をめぐる冒険』

し、レコード・デビューしてからわずか2年あまりのキャリアで肺結核のために死去した。「モダン・ギターの父」と呼ばれるには若すぎる、没年25歳（一説には22歳）。

彼がメジャー・シーンに残した、ベニー・グッドマン楽団との一連の吹き込みは、いまだにジャズ・ギター・ソロのお手本として学習者必須の教材となっている。この時代はまだメディアがSP盤なので、スタジオでの収録はソロの時間が制限された「三分間芸術」におけるアドリブであるわけだが、むしろそれだけに、スタジオ録音における彼の演奏にはプリティな魅力が凝縮されている。「エアメイル・スペシャル」は、そんなグッドマン／クリスチャンの音楽を代表する1曲である。最近ではこのあたりの録音は『ベニー・グッドマン・セクステット』編成のものをまとめたアルバムが出ているので、ぜひとも聴いてみて欲しい。

『羊をめぐる冒険』のラスト近く、主人公は納戸から出してきた古いギターでこの曲の練習をする。シンプルなリフから飛び出てくるクリスチャンのギター・ソロのラインには、確かに思わずコピーしたくなるような明朗さ、明晰さがある。

これが戦争を間近に控えたアメリカのメジャー・サウンドであるが、しかしここに、当時のコロンビア大学の学生が、「ミントンズ・プレイハウス」のセッションの現場に録音機材を持ち込んで（ラッカー盤に直接カットする装置だったそうだ）、クリスチャンが収録時間を気にせずに好きなだけ弾き倒したライブ演奏の記録が残されている。お客の掛け声も派手に入り込んだ、おそらくタバコももうもうだっただろう地下クラブでの現地録音で、いきなりアドリブから入っているので（原曲はおそらく「トプシー」）便宜的に「スウィング・トゥ・バップ」と題された、この録音におけるクリスチャンのソロは、スタジオ録音よりさらにグルーヴィーで生々しい。この鉄火場の雰囲気はまさしく、のちの「ビバップ」のバトル感を先取りしたものだ。本当に、チャーリー・パーカーとの競演が残されなかったのが悔やまれてならない。

『1973年のピンボール』における、ピンビールの墓場における主人公の口笛と同じように、初期の村上春樹小説においては、物語内に「音楽」が響いたあとに何らかの決定的なアクションが起こることが多い。『羊をめぐる冒険』においても、この「エアメイル・スペシャル」のギターの演奏が静まったあと、この小説唯一といってもいいヴァイオレンス・シーンが登場することになるのだ。

ビル・エヴァンス「ワルツ・フォー・デビー」

082

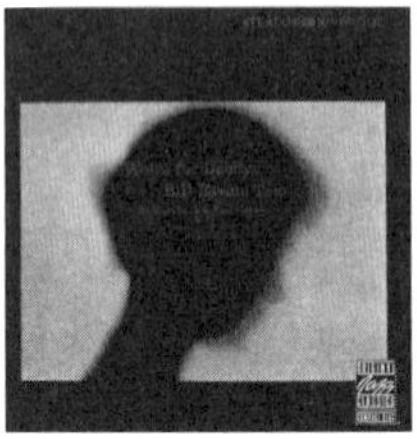

収録アルバム：
『ワルツ・フォー・デビー』
1961年

村上春樹初期の大ヒット作品『ノルウェイの森』は、その一部にそれまで彼が書いてきた短篇を組み込むことで作られている。たとえば第二章と第三章の基盤となっているのは、1983年の1月に発表された『蛍』だ。村上は『ノルウェイの森』において、これまでに書いてきた作品の一方の傾向のもの――ミニマリズム的な描写とエピソードに重きを置いた作品――をもう1度見直し、それらにポルノ描写をたっぷりと盛り込み直し、「やれやれ」成分も多めに設定して、初期作品の総決算としての長篇を仕上げて、見事なリベンジを果たしたのだった。こういう風に書くと揶揄していると受け取られるかもしれないけれど、実際、『ノルウェイの森』は村上春樹の長篇の中では飛びぬけて良く書けている小説だとぼくは思う。

冒頭、飛行機が「雨雲」をくぐり抜けて降下し、BGMで「どこかのオーケストラが甘く演奏する」――つまりビートルズ自身の演奏ではない――「ノルウェイの森」が流れ、そ

登場作品
『ノルウェイの森』

れを聴いて「三十七歳」の僕は激しく深く混乱する。現在を見失うきっかけとしての上下運動は、『世界の終りとハードボイルド・ワンダーランド』においても「エレベーター」というかたちで導入されていたが、水平に広がってゆく「草原」と、そこに空いているとされる「井戸」が作り出す「ワタナベ君」と「直子」との関係が、主題論的にずっと提示されている巧みなイントロであると思う。そしてそこにはやはり音楽があり、様々なかたちで変奏され、反復される音楽を緩衝材として、彼らは自身のモノローグをぎりぎり対話として成立させる。小さな蝋燭の炎のように、会話をおこなう2人の間には音楽が灯されてあり、冒頭の混乱は、儀式における対象の不在——この小説のエピグラフは「多くの祭り《フェト》のために」である——によって引き起こされたものだと考えることができるだろう。
「ワルツ・フォー・デビー」は、主人公と直子が初めて寝るその夜の晩餐で、ターンテーブルの上で回転していた1枚である。直子はその日、奇妙なほどよく喋った。

僕ははじめのうちは適当に相槌を打っていたのだが、そのうちにそれもやめた。僕はレコードをかけ、それが終わると針を上げて次のレコードをかけた。ひととおり全部かけてしまうと、また最初のレコードをかけた。レコードは全部で六枚くらいしかなく、サイクルの最初は「サージェント・ペパーズ・ロンリー・ハーツ・クラブ・バンド」で、最後はビル・エヴァンスの「ワルツ・フォー・デビー」だった。窓の外では雨が降りつづけていた。時間はゆっくりと流れ、直子は一人でしゃべりつづけていた。

アルバム『ワルツ・フォー・デビー』は、1961年のニューヨーク、ヴィレッジ・ヴァンガードに出演していたビル・エヴァンス・トリオのライブ録音から作られている。この公演からはのちに2枚のアルバムが作られ、ビル・エヴァンスのピアノ、スコット・ラファロのベース、ポール・モチアンのドラムスによるサウンドは、その後の「ピアノ・トリオ」の規範として多くのミュージシャンに圧倒的な影響を与えた。特にスコット・ラファロのベースは天衣無縫と言うに相応しい活躍で、全員が自分の大きさでタイムをキープしながら綴れ折を作ってゆくこのトリオのリズム感は本当に素晴らしい。しかし、スコット・ラファロはこの公演終了の約2週間後、ツアー中の交通事故で死去した。享年、25歳。

死んだもの、いなくなったものを間に挟んでの饒舌と沈黙が、『ノルウェイの森』における「多くの祭り」である。ターンテーブルの上で回転するレコードはその祭りを支える代表的な装置だった。これ以降の村上作品における「音楽」の取り扱われ方は、またゆっくりと異なったものとなってゆくだろう。

デューク・エリントン「スタークロスト・ラヴァーズ」

083

収録アルバム：
「サッチ・スウィート・サンダー」
1957年

『国境の南、太陽の西』が出版された直後、地元の親しい中古レコード店の店員から聞いた話なのだが、メモを見ながら「あのー、デューク・エリントンという人の「スタークロスト・ラヴァーズ」という曲が入っているCDをください」と聞かれることが連続して（しかも女性。多分レコ屋では見ないタイプの美人……←妄想です）、村上も書いているように、この曲は数あるエリントンの名曲の中でも全然有名じゃないので、まず『サッチ・スウィート・サンダー』というアルバム名が出てこず、さらにこの時期はまだこの作品は国内ではCDになってなかった（！）みたいで、探すことができなくてお客さんに謝ることになり、頭を掻いていたら、その後、それが『国境の南、太陽の西』に出てくるのだ、ということがわかり、ムラカミ〜！　ってなった……という、ネット環境以前の（90年代前半の話です）牧歌的エピソードを思い出している。

組曲の中の1曲なので、店員が覚えていないのも無理はな

登場作品
『国境の南、太陽の西』

い。アルバム『サッチ・スウィート・サンダー』はシェイクスピアの世界をエリントンが「純エリントン・サウンド」で、つまり朗読も歌唱もゲストも入れずに構築した変わったアルバムで、「スタークロスト・ラヴァーズ」は「ロミオとジュリエット」をモチーフにした1曲。星空を横切る（ほど遠い）恋人たち、ということで、日本ならさしずめ彦星と織姫か。『国境の南、太陽の西』では、この曲とナット・キング・コールが歌う（実在しない）「国境の南」が物語の中心に置かれている。

主人公の「僕」はジャズ・バーの経営に成功した青年実業家で、自分の経営するお店で、自分の好きな音を出すピアノ・トリオを雇い、自分が好きな（しかもマニアックな）曲を弾いてもらうのは楽しいことに違いない。

村上春樹は自分が好きなエリントンを「思い切って個人的に」限定するならば、「僕の好きなエリントンは1939年後半から40年代前半にかけての、それほど「難解」でもなく、それほどワイルドでもない、楽しく洗練されたエリントンである。とくにジミー・ブラントンが入っていた前後の時代のものがいい」と述べている。同感である。ベースにジミー・ブラントン、テナー・サックスにベン・ウェブスターを擁したRCA時代のエリントンの楽曲は、現在では『ブラントン・ウェブスター・バンド』と呼ばれ、CD3枚組にまとめられている。この3枚は20世紀アメリカ音楽の至宝と言って間違いない。エリントン入門としても相応しいCDなので、興味がある人は是非購入して聴いてみてください。

その他、組曲物では、1枚だけプレスされてエリザベス女王に捧げられた『女王組曲』――このアルバムは、エリントンが死ぬまで公にはリリースされず、ファンの間で伝説になっていた――の、聴いた人がみな唖然とするほどのエレガントさは必聴。エリントン、チャールズ・ミンガス、マックス・ローチという恐ろしいピアノ・トリオ『マネー・ジャングル』も物凄い……と、エリントンから何か選ぼうとすると、ムラカミも書いているように、「僕らはまるで万里の長城を目の前にした蛮族みたいに、圧倒的な無力感に襲われてしまう事になる」。しかし、この長城こそ、一生かけて遍歴する甲斐のある世界である。まだの人はこれからでも全然遅くない。20世紀最大の芸術であるエリントン・サウンドの21世紀に幸あれ！

ジョン・コルトレーン
「マイ・フェイヴァリット・シングス」

084

収録アルバム：
『マイ・フェイヴァリット・シングス』
1960年

テナー・サックスの巨人、ジョン・コルトレーンは1960年にこの「マイ・フェイヴァリット・シングス」を初めて吹き込み、それから1967年に40才で死去するまで（しかし、こうやって書いてゆくと、この時期のジャズメンの夭折具合は本当に半端ないことがわかる）、彼はこの曲を繰り返しライブで取り上げ続けた。「マイ・フェイヴァリット・シングス」は、1959年にリチャード・ロジャース＆オスカー・ハマーシュタイン2世という名コンビが制作したミュージカル『サウンド・オブ・ミュージック』中に出てくる小さなワルツである。このミュージカルが映画になって全世界でヒットするのは1965年のことだから、コルトレーンはこの曲がメジャーになるずいぶんと前から取り上げていたことになる。劇中でこの楽曲は、深夜のカミナリにおびえる子どもたちに対して、主人公の家庭教師が子守唄代わりに、「私の好きな物」を並べて歌って仲良くなる、というシーンで使われている。舞台はヨーロッパ。ファシズム政権による

登場作品

『海辺のカフカ』

オーストリア併合を目前にした時代のお話であり、リチャード・ロジャースは『南太平洋』とか『王様と私』だとか、アメリカ以外の国を舞台にしたミュージカルの曲を作るのが天才的に上手い。『サウンド・オブ・ミュージック』では、ワルツ・タイムの「マイ・フェイヴァリット・シングス」の他にも、どう聴いても昔からあるオーストリア民謡にしか思えない「エーデルワイス」（!）や、これ1曲だけでも歴史に残る「ドレミの歌」（!!）などを連発して、このコンビにおける最終コーナーを彩っている。

さて、しかし、その「マイ・フェイヴァリット・シングス」を、ジョン・コルトレーンは自身のカルテットにおいて、4分の3拍子のワルツ・タイムを倍の網目で細分化し、4と3のリズムが同時に走るポリリズム状態へと変換する。さらにコード進行を消去して、シンプルなモードとピアノによるオスティナートに和声の構造を還元、小節線を大きく跨いで演奏を続けられるような状態を作り出した。つまり、オーストリアの民謡風の小唄を、アフリカのポリリズム・ミュージックの状態で演奏する方向へと捻じ曲げていったのである。

ニューヨーク育ちのユダヤ系アメリカ人が作った架空のウィンナ・ワルツを、アフロ・アメリカンがサックス、ドラムス、ピアノ、ベースという楽器を使ってアフリカ音楽にする、と、こうして書いただけでも眩暈がするような混淆さ加減であるが、この齟齬に蓄えられた電圧の高さは凄まじく、演奏するたびにこの曲は長く、激しく、もはや原曲を止めないほどに解体されて演奏されるようになってゆき、1966年の日本公演の収録では、4枚組のライブ・アルバムのその1枚がまるまる「マイ・フェイヴァリット・シングス」に当てられるような事態にまで辿りついた。しかも、それでもまだ演奏は終わっていない！　コルトレーンのこの無茶苦茶なパワーこそ、60年代ジャズを過激な方向に向かわせることになった銃爪である。読者は是非とも60年代のジョン・コルトレーンの歩みを、「マイ・フェイヴァリット・シングス」の各ヴァージョンを聞き比べることによって追体験してみて欲しい。

『海辺のカフカ』で聴かれるコルトレーンの「マイ・フェイヴァリット・シングス」がどの時期の録音なのかについては明言されていない。小説中でもこの曲は重要な役割を果たすことはない。『海辺のカフカ』というこの小説のタイトルが何に由来するものなのかは、これからこの小説を読む人のために黙っておくことにしよう。正直、理解したとき、ぼくはかなり驚いた。コルトレーンが音楽の中に畳み込んだ文化的混沌を聴きながら、あらためて『海辺のカフカ』を読んでみて欲しいと思う。

マイルス・デイヴィス「ア・ギャル・イン・キャリコ」

085

収録アルバム：
『ザ・ミュージングス・オブ・マイルス』
1955年

デビュー作『風の歌を聴け』は、あらためて読み直してみると、かなり複雑な時間と空間の移動が章と章の間に組み込まれていることに気が付かされる。21歳の夏休みの3週間をベーシックにしながら、（架空された）遠過去・遠距離としてのデレク・ハートフィールド、ベーシックから近い過去としての18〜21歳、そしてそれを書いている8年後の現在……といった風に、主人公の居場所は何層もの時間の中に宙につられ、このような、決定的な着地を拒む、出来事の周囲を回り続ける滞空感がこの小説の魅力のひとつだ。

「ア・ギャル・イン・キャリコ」はアルバム『ザ・ミュージングス・オブ・マイルス』に収録されている1曲であり、主人公の「僕」はレコード店のカウンターにいた「小指のない女の子」にこの曲名を告げ、店の在庫から収録されたアルバムを探してもらう。ワン・ホーン編成で通されたこのアルバムは、マイルス・デイヴィスの数多ある作品の中では地味目な1枚であり、かなり詳しい人間じゃないと、あれ、何に

登場作品

『風の歌を聴け』

入ってたどんな曲だっけ？　となかなか思い出すことができないものだと思う。マイルスがこの曲を演奏しているのはこのアルバムでの1回きりである。「小指のない女の子」は「少し余分に時間がかかった」が、きちんと正解を持ってくる。

小説の舞台設定で言えば、この時期（70年夏）のマイルスはエレクトリック化したサウンドの『ビッチェズ・ブリュー』が話題になっていた頃であり、このタイミングで50年代に吹き込まれた『ザ・ミュージングス・オブ・マイルス』を探させるのはかなりのスノッブである。さらに言えば『風の歌を聴け』が書かれた70年代後半、マイルスは長期のリタイアで家に引き篭もっており、音楽シーンには不在であった。小説のキー楽曲であるビーチ・ボーイズの「カリフォルニア・ガールズ」が、もう決して取り戻すことのできない「西海岸音楽」全盛時代との距離を示しているように、初期村上小説において音楽は、物語の結構を成り立たせるための繊細な選択がなされている。

スタン・ゲッツ
「ジャンピング・ウィズ・シンフォニー・シッド」

086

収録アルバム：
『ジャズ・アット・ストーリーヴィル』
1951 年

村上春樹、第二の単行本作品である『1973年のピンボール』は、『風の歌を聴け』に比べてもさらに死と寂しさの気配を偏在させた小説である。冒頭から「彼らはまるで枯れた井戸に石でも放り込むように」、「きっと何処かでどんぐりでも齧りながら死滅してしまったのだろう」、「雨の日には運転手が見落としそうなくらいの惨めな駅」、「まるで体が幾つかの別の部分に分断されてしまったような」、「後足を針金にはさんだまま、鼠は四日めの朝に死んでいた」などなど、死の世界へと接続される喩えとエピソードが頻出しており、ぎりぎりリアリズム描写表現で組み立てられているこの小説は、これからそのままのかたちで多分、「死」を巡る寓話へと展開してゆくのだろうなあと、最初の数ページで予想させられる。実際、主人公はその後、失われたピンボール・マシンを捜すオルフェウスの旅へと入り込み、古いピンボール・マシンが並べられた倉庫に辿りつき、彼女と会話を交わし、ゲームをプレイすることなくそのマシンを置きざりにして、

登場作品
『1973年のピンボール』

現実へと帰還する。

　彼が日常業務（翻訳）のBGMとして気分良く聴き、また、その倉庫で（自分をキープするために、一人で）口笛で吹く曲が、スタン・ゲッツの「ジャンピング・ウィズ・シンフォニー・シッド」である。「遮るものひとつないガランとした冷凍倉庫に、口笛は素晴らしく綺麗に鳴り響いた。僕は少し気を良くして次の四小節を吹いた。そしてまた四小節。あらゆるものが聴き耳を立てているような気がした。もちろん誰も首を振らないし、誰も足を踏みならさない」。

　白人サックス奏者の巨星、スタン・ゲッツによるこの軽いブルース演奏は、現実に自分をつなぎとめるために、4小節ずつその音を確かめながら口笛で吹くに相応しい曲だと思う。明るく、軽いこのサウンドが、ピンボール・マシンの墓場に響いている情景が、この小説のクライマックスだろう。

ソニー・ロリンズ
「オン・ア・スロウ・ボート・トゥ・チャイナ」

087

収録アルバム：
『ソニー・ロリンズ・ウィズ・ザ・モダン・ジャズ・クァルテット』
1951年

「オン・ア・スロウ・ボート・トゥ・チャイナ」は、モダン・ジャズ・ファンの間では「イフ・アイ・ワー・ア・ベル」や「レッツ・ゲット・ロスト」の作者としても知られるフランク・レッサーの楽曲。村上春樹は自身初の短篇集のタイトルとしてこれを選んだ。多くのミュージシャンが取り上げているが、この曲の最高の演奏は1951年のソニー・ロリンズによるものだろう。ケニー・ドリュー（ピアノ）のバッキングも軽快に、21歳の若獅子ロリンズはテーマもソロも実にのびのびとこの曲を吹き切っている。

このロリンズの演奏は、進駐軍による占領がようやく終わり始めた日本の、これからの「ジャズ」＝「ビバップ」を演奏してゆこうとするミュージシャンにも大いに愛された。当時SP盤にカットされて入ってきたこの録音を、盤が白くなるまで繰り返し聴いてコピーした、というエピソードが、当時のセッションの様子を収めた『メモリアル守安祥太郎／モキャンボ・セッション』（54年収録）関連の原稿では読むこ

登場作品

「中国行きのスロウ・ボート」
（『中国行きのスロウ・ボート』収録）

とができる。実際、当時のモダニストが集合したこのセッション（ハナ肇がドラマーとして場を仕切り、植木等が入口で参加費を徴収したそうだ）でもこの曲は取り上げられており、宮沢昭がまさしくロリンズ気分で実に良く吹いている。

短篇「中国行きのスロウ・ボート」は、9歳、19歳、28歳の3度にわたって華僑系の友人たちとすれ違ってしまった主人公の、中国との距離を縮められない「のろまな船」ぶりを語った作品。アメリカのサン・フランシスコから中国の上海までは、船旅で、戦争直後にはどのくらいの時間がかかったのだろうか。村上春樹は、この短篇集上梓後しばらくして、実際に、頻繁に海外へと移動しながら自作を仕上げてゆくというスタイルを持つ作家へと成長してゆく。

フランク・シナトラ「ナイト・アンド・デイ」

088

収録アルバム：
『クラシック・シナトラ』
1956年

初期の短篇集『蛍・納屋を焼く・その他の短編』中の、「踊る小人」で、夢の中に出てきた小人が踊るときに選んだレコードの中の1枚に、シナトラの歌う「ナイト・アンド・デイ」が入っている。詳細は書かれていないが、間違いなくキャピトル時代に吹き込まれた、名匠ネルソン・リドルによるスウィンギーなアレンジでのものだろう。夜も、昼も、あなただけを……シナトラ最高の歌唱のひとつである。

さて、村上春樹が時折書く「踊る小人」のような作品を、小説の形式論的に考えるならば、なんと呼ぶのが相応しいのだろうか。夢の中に出てくる踊りの上手い小人、革命後の工場で象を作る「僕」、革命前の噂話、女の子、女の子を口説くために小人に自分を踊らせる「僕」、そして女の子との恋の成就シーンで突然はじまる以下の描写。

彼女の顔つきが変わりはじめたのはその時だった。最初に鼻の穴からぶよぶよとした白い何かが這いでてくる

登場作品
「踊る小人」
（『螢・納屋を焼く・その他の短編』収録）

のが見えた。蛆だった。これまでに見たこともないほど巨大な蛆だった。両方の鼻腔から蛆は次々に這い出し、むかつくような死臭が突然あたりを覆った。蛆は唇から喉へと転げ落ち、あるものは目をつたって髪の中へともぐりこんだ。鼻の皮膚がずるりとめくれ、なかの溶けた肉がぬるりとまわりに広がり、あとにはふたつの暗い穴がのこった。蛆の群れはなおもそこから這い出ようとして、腐った肉にまみれていた。

結局この変貌は「小人」の仕業だとわかるのだが、この場面までずっと「小人」も「象工場」も「僕」の生活も、小説自体が寓話仕立てで進められてきているのに、いきなりここだけぐっとカメラが寄った詳細描写になるのである。最初からこの場面が描きたかったのか、それとも、寓話の中でのハプニングなのか……のちの長篇でこうした混在がどのように処理されることになるのかを辿ってみるのも面白いと思う。

MJQ「ヴァンドーム」

089

収録アルバム：
『ヴァンドーム』
1966年

ＭＪＱこと「モダン・ジャズ・カルテット」は、ピアニストのジョン・ルイスを音楽監督、ヴィブラフォンのミルト・ジャクソンを主席ソリスト、ベースにパーシー・ヒース、ドラマーは初代がケニー・クラーク、2代目がコニー・ケイ……という4人組で、このメンバーで、ずーっと同じ音楽性で、激動の50〜80年代を演奏し続けたという奇特な楽団である。もともとバッハ弾きだったジョン・ルイスのヨーロッパ室内楽好みと、ミルト・ジャクソンの、まるで蛇口をひねったかのように滔々と溢れるソウルフルなプレイが絡み合う絶妙なバランス感覚について、村上春樹は『ポートレイト・イン・ジャズ』において以下のように書いていた。「ほかの三人は設定されたコレクティヴなサウンドをしっかりと維持しているのだが、ヴァイヴのミルト・ジャクソンはソロの途中でそういうフォーマルなスタイルに我慢しきれなくなって、がばっとスーツを脱ぎ捨て、ネクタイをむしりとって――もちろん比喩的な意味でだが――やおら個人的にスイング

登場作品
『世界の終りとハードボイルド・ワンダーランド』

し始める。でもそうなっても、ほかの三人は「我関せず」という感じで、淡々と（でもないかもしれないけど、少なくとも表面的には）無表情にMJQ的リズムをキープしつづける。やりたいことをやってしまうと、ジャクソンは何事もなかったかのようにまたクールにスーツを着込み、ネクタイをしめる。それが繰り返される」

的確な表現である。確かにライブではそんな感じだが、MJQのスタジオ録音作品には、コーラスを全面的に導入した『ヴァンドーム』（小説中の「ヴァンドーム」は、こちらの収録アレンジ・ヴァージョンだと考えると面白くなります）、仮面劇をモチーフにした『コメディ』（1曲参加のダイアン・キャロルがヤバイ）、なんとビートルズのアップル・レコードからリリースされている『スペース』（宇宙モノ！）など、奇人ジョン・ルイスのセンスが爆発している変わったアルバムがたくさんあるのでぜひ聴いてみてください。

エロール・ガーナー「四月の思い出」

090

収録アルバム：
『コンサート・バイ・ザ・シー』
1955年

『回転木馬のデッド・ヒート』は、村上春樹がこの時期友人たちから聞いた話を、「原則的に事実に即して」、「聞いたままの話を、なるべくその雰囲気を壊さないように文章にうつしかえた」、「長編にとりかかるためのウォーミング・アップのつもり」で書かれたスケッチを集めたものである。とは言え、そこに読むことができるのはいかにもムラカミ的な出来事であり、普通に短篇小説集として取り扱うことができる作品であると思う。

「他人の話を聞けば聞くほど、そしてその話をとおして人々の生をかいま見れば見るほど、我々はある種の無力感に捉われていくことになる。おりとはその無力感のことである。我々はどこにも行けないというのがこの無力感の本質だ」と彼は「はじめに」で述べている。ここで語られている「どこにも行けない」、「無力感」が、「聞いたままの話」をまとめたルポ作品『アンダーグラウンド』を経由して、どのようなかたちでそれ以後の村上小説に表現されることになるのか、

登場作品
「嘔吐1979」
（『回転木馬のデッド・ヒート』収録）
「タイランド」
（『神の子どもたちはみな踊る』収録）

というテーマは興味深いものになるだろう。
さて、「四月の思い出」は、作中の一編「嘔吐1979」において、原因不明のいたずら電話と嘔吐症状に悩まされていた友人が、それがぴたっと止まった日に聴いていたエロール・ガーナー・トリオのライブ盤『コンサート・バイ・ザ・シー』の冒頭曲。友人は「中間派に近いものの後期のレコードを集めている」ということだが、エロール・ガーナーという特異なピアニストを表現する言葉としてこれはなかなか適切なものだ。ソロを取りながら繰り広げる彼の左手の反復フレーズは、今聴くとなかなか新鮮に聴こえる。ジェイソン・モランがファッツ・ウォラーをディグしたように、このあたりのプレイも新世代が参考にできるもののように思う。このアルバムは「タイランド」（『神の子どもたちはみな踊る』収録）でも登場。重要な役割を果たす。

ホーギー・カーマイケル「スターダスト」

091

収録アルバム：
『ホーギー・カーマイケル
ザ・ファースト・オブ・シンガーソングライターズ』
1927年

ホーギー・カーマイケルというミュージシャンはジャズメンではなく、（まだそんな言葉はなかったが）シンガーソングライターの草分けであって、「スターダスト」はもちろん、「ジョージア・オン・マイ・マインド」、「ニアネス・オブ・ユー」などの佳曲名曲をたくさん作り、ジャズよりさらに大きい、いわばムードに充ちた大衆音楽の世界で愛された作家である。酒場でのカクテル・ピアノ映えする曲が多いということで、『ダンス・ダンス・ダンス』におけるホテルのバーでの演奏にこの曲はまさにぴったりといったところだ。

50年代以降、彼は映画やTVでも活躍し、ハワード・ホークス監督の映画『脱出』のラスト・シーン、ハンフリー・ボガート、ローレン・バコール、ウォルター・ブレナンの三者がそれぞれの歩き方で退場してゆく酒場の場面で、パッとピアノに飛びつきブギーのピアノを突然弾き始めるのが、ホーギー・カーマイケルだった。この映画では確か「香港ブルース」（細野晴臣のカヴァーで日本では有名）も披露しており、

登場作品
『ダンス・ダンス・ダンス』

こうした彼の世界を楽しむなら、最近では4枚組で戦前期の音源をがっちりとまとめた『ホーギー・カーマイケル ザ・ファースト・オブ・シンガーソングライターズ』という廉価ボックスがお勧めである。本人の歌もたっぷり入って、バンド違いで「レイジーボーン」のアレンジ比べも楽しめる。ファッツ・ウォラーによる「眠そうな二人」なんて絶品ですよ。

ビックス・バイダーベック「シンギン・ザ・ブルース」

092

収録アルバム：
『シンギン・ザ・ブルース』
1927年

村上春樹が開いていたジャズ喫茶『ピーターキャット』は、1970年代にあって「50年代のジャズ」を聴かせる店と銘打って経営されていた。このことについて村上は、ジャズ批評家小野好恵との対談において「それなりに、つっぱってやっていた」と述べている。衰えつつあったとはいえ、まだジャズの前衛の前進力・自己更新力が残っていた時代であり、はっきりと過去のサウンドの賞揚を掲げるのはほとんど反骨と言っていい姿勢だ。水道橋にあったジャズ喫茶「SWING」でアルバイトをしていた経験から、彼はモダン以前のジャズへも強い愛着を持つことになった、とも語っている。

「ここの専門はトラディショナル・ジャズで、バップからあとのスタイルのジャズは一切無視するという、かなりユニークな店だった。チャーリー・パーカーもバド・パウエルも駄目。／ジョン・コルトレーンやエリック・ドルフィーが絶対視されていた時代だ。こんな店に客が入るわけがない。とい

登場作品

『1973年のピンボール』

『ポートレイト・イン・ジャズ』

うわけで、店は忠誠を誓うファナティックな常連客によって、かろうじて維持されていたようなものだった」（『ポートレイト・イン・ジャズ』より）

村上はこの店で、モダン以前のジャズの魅力を学ぶ。その中でも彼が最も魅かれた一人が、28歳で（またしても！）夭折したビックス・バイダーベックである。村上と和田誠によって作られた、ジャズメンの絵画とエッセイをまとめた『ポートレイト・イン・ジャズ』の、文庫本の表紙が彼である。「ビックスの音楽を耳にした人がおそらく最初に感じるのは、「この音楽は誰にも媚びていない」ということだろう」と村上はビックスについて述べている。取り上げた楽曲はその中でも、最も彼の才能が凝縮されたソロが吹き込まれた1曲である。ビックスが活躍した1920年代のアメリカのサウンドは、近年の村上の物語に割合ぴたっとくるように思うので、ビックスの音楽をマリアージュさせた読書を楽しんでみて欲しいと思う。

クリフォード・ブラウン「神の子はみな踊る」

093

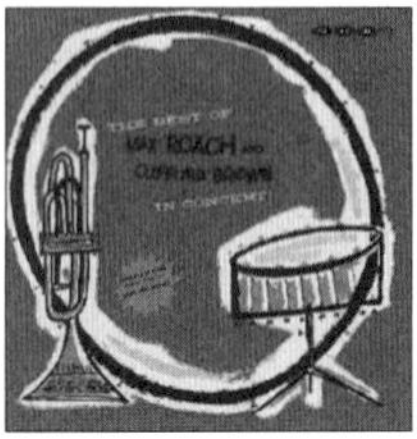

収録アルバム：
『イン・コンサート』
1954年

阪神・淡路大震災の影響を強く受けて書かれた連作短篇集『神の子どもたちはみな踊る』のタイトルは、1937年という微妙な時期にヒットしたスタンダード曲からの引用である。1929年のブラック・マンデーによるアメリカ最初のバブル期の終わりから約10年、ニューディール政策の効果によってようやっと回復し始めたアメリカ経済は、ファシズムの動向を睨みながら、戦争までの数年間をスウィングという熱狂的なダンス・ミュージックとともに過ごしていた。「ジャズ」というダーティーな、ミシシッピ河を遡ってきたエキゾチックな音楽は、不況下の都市において「白人中産階級のダンスのための音楽」に転生し、アメリカはここで初めて本当に自分たちのものと言える「ミュージック」を手に入れる。同年制作されたマルクス兄弟の映画『マルクス一番乗り』では、この曲に乗って黒人ミュージシャンたちが（唄うはアイヴィー・アンダーソン！）盛大に踊る姿をみることができる。そう、「神の子どもたち」とは、ここでは第一義に

登場作品

「神の子どもたちはみな踊る」

（『神の子どもたちはみな踊る』収録）


は黒人のことなのだ。

　モダン・ジャズ期に入り、さらにこの曲には2つの名演が生まれる。クリフォード・ブラウンとマックス・ローチ・グループのライブ録音と、バド・パウエル・トリオの演奏である。彼らの喜びに充たされた演奏と、ミュージカルにおけるリンディ・ホッピングを眺めてから、「神の子どもたちはみな踊る」における「善也」の見捨てられた野球場のマウンドの上におけるダンスと比べてみて欲しい。

「これまでとは違う小説を書こう」という小説家「淳平」の決意でもって締められるこの短篇集を、村上春樹のキャリアの転換点とする評者は多い。確かに、冒頭の一編「UFOが釧路に降りる」の主人公が、セックスに誘われ、ことがはじまりながらも、勃起しなくてできなかった、というムラカミ小説的には実に驚くべき事態にも、その変化があらわれているように思う。このあたりからムラカミ小説は更年期に入った、と考えることもできるだろう。

トミー・フラナガン「バルバドス」

094

収録アルバム：
『モントルー77』
1977年

村上春樹は『東京綺譚集』の、「偶然の旅人」のイントロ部分において、自身が見たトミー・フラナガン・トリオのライブに際して、いまいち煮え切らなかったその演奏の最中、自身が心の中で希望していた「スタークロスト・ラヴァーズ」と「バルバドス」という2曲が、なんとそのまま最後にメドレーで演奏されたという「事件」について語っている。

この2曲が収められているトミフラのアルバムは『モントルー77』で、ちょうど村上がジャズ喫茶を経営していた頃のリリースだ。彼はこのアルバムを（新譜としては例外的に）自身のお店で愛聴していたのだと思う。このような個人的な偏愛が、そのままのかたちで世界の出来事とリンクしたという経験を踏まえ、村上春樹は「ジャズの神様みたいなのがいるかもしれないな」と感じた、と書いている。

「スタークロスト・ラヴァーズ」は別稿で取り上げたので、ここでは「バルバドス」について。ロリンズの「ソニームーン・フォア・トゥー」と同じくこの曲もブルースであるが、

登場作品

「偶然の旅人」
（『東京奇譚集』収録）

テーマのメロディーの組み立てがぐっと複雑であることが聴けばわかると思う。チャーリー・パーカー＝バードはこのような入り組んだテーマを持ったブルースを大量に作り、ジャズメンたちの技術的水準を大幅に引き上げた。「ブルース・フォー・アリス」、「バード・フェザー」、「リラクシン・アット・カマリロ」、「ビリーズ・バウンス」、「モホーク」……どれもがモダン・ジャズの古典であり、そのメロディーにはバードの知性と諧謔が詰まっている。いまだに謎が解けない「ビバップ」という特殊な音楽の枠が、バードのブルースのテーマには集約されているのだ。

チャーリー・パーカー「ジャスト・フレンズ」

095

登場作品
『1973年のピンボール』

収録アルバム：
『チャーリー・パーカー・ウィズ・ストリングス』
1949年

『1973年のピンボール』において、翻訳業を営む「僕」が、「ジャンピング・ウィズ・シンフォニー・シッド」などとともに業務中に聴く1曲。モダン・ジャズの父であり、最高にして滅茶苦茶な生涯を送ったチャーリー・パーカーの後期の（とはいっても彼は35歳までしか生きていないのだが）録音で、いわゆる「ウィズ・ストリングス」ものである。

この世代のジャズメンには弦楽アレンジ＝ハリウッド／クラシック的なオーケストラの響きにコンプレックスがある人も多く、パーカーもこの企画にはご機嫌であった。特にこの「ジャスト・フレンズ」の閃光のようなイントロのアドリブは、彼のプレイの中でも最高のもののひとつだと思う。

ビバップ・オリジナルじゃなくて、わざわざこうした特別な曲を選んで書き込むのはさすがジャズ喫茶のマスターっぽいですね。

セロニアス・モンク「ハニサックル・ローズ」

096

収録アルバム：
『ザ・ユニーク』
1956年

登場作品
『ノルウェイの森』

ジャズメンには大別して2種類あって、ひとつは自分で曲を書かずに世間にあるスタンダードをもっぱら素材として演奏するタイプ。この代表はチェット・ベイカーとスタン・ゲッツだろう。だいたいこちらの方がモダン・ジャズメンのメインな訳だが、頑固に自分のオリジナル曲ばかりをレパートリーにする人も偶にはいて、セロニアス・モンクは完全にこちら側に入る。そのモンクが、ステージに1回ぐらい、たとえば休憩に入る一瞬前に「ジャスト・ア・ジゴロ」とか「エブリシング・ハプンズ・トゥ・ミー」みたいな昔の小曲をソロで軽くプレイする場面が、モンクのライブ盤には記録されていて、この演奏が本当にすごくいいのだ。「ハニサックル・ローズ」はそんなモンクの愛した「小唄」のひとつ。アルバム『ザ・ユニーク』収録のそれでは、彼の基礎スキルであるストライド・ピアノの調子を元手に、奇妙に歪んだモンク独特の和声センスを堪能できます。

ジョン・コルトレーン「セイ・イット」

097

収録アルバム：
『バラード』
1961～62年

登場作品
『ダンス・ダンス・ダンス』
※アルバム名のみ登場

夜、酒場、物語導入的なナレーション、というシーンにあてる安直なＴＶドラマ的ＢＧＭ装置として、おそらく世界で1、2位を争うほど使われているだろうジョン・コルトレーンのアルバム『バラード』。中でも1曲目の「セイ・イット」は、聴けば、「ああ、これかあ」と誰もが頷くコルトレーン・バラードの真骨頂である。『ダンス・ダンス・ダンス』において大量にラジオから流れてくる、あるいは回想されるポップスの「屑」の固まりの中にあって、このアルバムのサウンドはおそらく、例外的な位置を占めているのではないかと思う。60年代という激しくシリアスな時期を代表するミュージシャンであるコルトレーンの「バラード」は、バブルガム・ポップスと80年代との間に挟まって、何かずいぶんと居心地が悪いような顔をして、「僕」のスバルの中に響いているように思われる。

JATP「アイ・キャント・ゲット・スターテド」

098

登場作品
「タイランド」
（『神の子どもたちはみな踊る』収録）

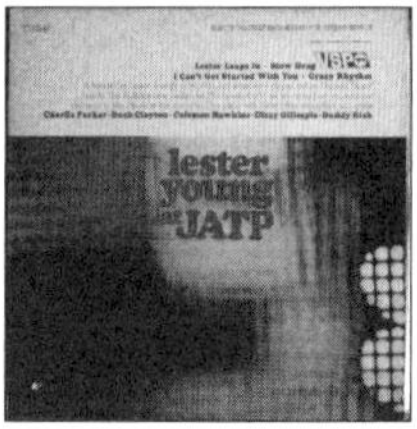

収録アルバム：
レスター・ヤング
『レスター・ヤング・アット JATP』
1965年

JATPとは「ジャズ・アット・ザ・フィルハーモニー」の略称で、音楽プロモーター、ノーマン・グランツが戦中・戦後にかけて企画した、「ダンスしないでミュージシャンたちのソロを楽しんで聞く」ことを中心にしたコンサート・シリーズの名前。出演者はスウィング期の大物が多く、全盛期は過ぎているが、まだまだ老け込むには早いというベテランたちを集めてホール興行を打って回る、とイメージしていただきたい。日本にもやってきて、日劇でおこなった公演は録音も残されている。日本ではこれらJATPに参加したグランツ好みのミュージシャンたちは「中間派」（by大橋巨泉）といわれたミュージシャンたちとかなり被っている。最前衛ではないが、それぞれ一癖あるミュージシャンというのはムラカミ好みである。小説で流される「アイ　キャント・ゲット・スターテド」＝「言い出しかねて」におけるハワード・マギーとレスター・ヤングの演奏は、枯れた味わいが素晴らしい。

ソニー・ロリンズ「ソニームーン・フォア・トゥー」

099

収録アルバム：
『ヴィレッジ・ヴァンガードの夜』
1957年

登場作品
『アフターダーク』

ソニー・ロリンズによるマイナー調のブルース曲。テーマのメロディーはシンプルで、ほとんど同じフレーズを繰り返すだけなので、初心者が練習するにはうってつけの曲である。ジャズのセッションでは、初めて演奏するものどうしが組むことが多いので、12小節で一回りという簡単な構造を持つブルースを手始めに演奏することが多い。

とはいえ、シンプルだからこそいろんなことができるということもあり、たとえばロリンズのライブ・アルバム『ヴィレッジ・ヴァンガードの夜』におけるエルヴィン・ジョーンズのドラムスが、だんだん熱を帯びながら激しくなり、ロリンズとの掛け合い4バースで炸裂する場面など、まさにジャズの醍醐味を感じさせる。

『アフターダーク』におけるセッションはどのような演奏だったのだろうか。

セロニアス・モンク「ラウンド・ミッドナイト」

100

登場作品
『色彩を持たない多崎つくると、彼の巡礼の年』

収録アルバム：
『ジーニアス・オブ・モダン・ミュージック Vol.1』
1951年

セロニアス・モンク作曲の名バラードである。マイルス・デイヴィス五重奏団の決定的な名演を収めた同名アルバムによって一躍人気曲になったが、明暗がマーブルに横滑りしてゆくメカニックかつユーモラスな曲調が持ち味のモンク・ナンバーの中では、最初から最後まではっきり重め・暗めで進むこの曲は例外的なものである。村上作品の中では、『色彩を持たない多崎つくると、彼の巡礼の年』の第五章、灰田の父が温泉旅館で会った「緑川」によって、中学校の音楽室の調律の狂った古いアップライト・ピアノによって弾かれる。たった一人だけの聴き手に、いや、おそらく自分と自分の影だけに向けた演奏として、この曲は相応しい。ソロで弾かれるこの楽曲は、モンク自身の演奏によって『セロニアス・ヒムセルフ』や『ソロ・オン・ヴォーグ』などのアルバムに収められているので聴いてみて欲しい。

あとがき座談会

『1Q84』以降の村上春樹と音楽

ビーチ・ボーイズからクラシックへ

大和田　僕は参加できなかったのですが、以前この本のメンバーの一部で座談会をやったときは（『村上春樹を音楽で読み解く』収録）、作家がどうやって音楽を扱ってきたかって話だったじゃないですか。中上健次はすごくいい加減だけど、村上春樹の初期の音楽の描写はすごく正確、っていう。

栗原　あのときは『1Q84』が最新刊でした。その後、長篇は『色彩を持たない多崎つくると、彼の巡礼の年』と『騎士団長殺し』、短篇集は『女のいない男たち』が出ましたが、音楽の扱いについては特に更新は見られないですかね。というか、『騎士団長殺し』には、主題曲であるクラシックの他に、ブルース・スプリングスティーンやビートルズ、ビーチ・ボーイズ、ボブ・ディラン、ドアーズといったお馴染みの名前も出てくるんだけど……。

鈴木　でも、その扱いはもはや「車」以下になっちゃってる。

大和田　基本的には、初期に比べると減ってますよね。音楽の登場回数が。

栗原　近年はクラシックばっかりですよね。テーマ的にバーンと出してくる。

鈴木　大きなテーマとしてクラシックをかぶせて、あんまり細部まで詰めないという傾向かな。以前ほど複層化しないで出てくる感じ。小澤征爾との対談にあわせて出たCD『『小澤征爾さんと、音楽について話をする』で聴いたクラシック』のライナーノーツに「僕が小沢さんとの対談から学んだいちばん大きなことは、「音楽は音楽そのものとして楽しまなければならない」ということだった」と書かれていて、ここらへんの考え方の変化も最近の作品に反映しているのかなあとか思ったり。

栗原　多分、音楽が作品の内容に深く関係していたのって、『海辺のカフカ』が最後だよね。

鈴木　『海辺のカフカ』は使い過ぎてて、逆にいやらしい感じがしましたね。

藤井　オリジナルソングまで作っちゃって。

大和田　逆に言うと初期にあれだけ音楽に関する固有名詞をちりばめてたっていう

のは、スタイルとしてやってましたよね。『ダンス・ダンス・ダンス』くらいまでは。

栗原 村上春樹的アイデンティティーというか、作品の主題の背景に、ビーチ・ボーイズとかドアーズ、ディランやビートルズがあったわけじゃないですか。70年代を生き延びるための60年代的価値観を表象するものとして。その60年代的価値観に『ダンス・ダンス・ダンス』でケリをつけてクラシックにシフトしていくんだけど、クラシックを主題曲にする方法も『海辺のカフカ』あたりでやり尽くしてしまった印象がある。

鈴木 まぁ、距離の取り方だよね。テーマとしては結びついてはいるのだけれど、別に音楽を使わなくてできる話じゃないですか、『騎士団長殺し』って。「ドン・ジョバンニ」はほとんど出てこないし。タイトルで使っているのに、曲を実際に聴くシーンはない。

藤井 作品にはあまり反映されてないですけど、村上春樹本人は最近のポップスやロックもまったく聞いていないわけではないようです。

栗原 ウィルコとか継続的に聞いてるバンドもいくつかあるし。

藤井 アメリカのオルタナ系ロックは結構聴いてますね。

時代の希望としてのポップス

栗原　でもやっぱり基本はジャズとクラシックの人で、ポップスやロックは70年代までで本質的な興味は終わっている感じがする。この間『Casa BRUTUS』が「音のいい部屋。」というレコード特集のムックを出して、村上春樹の家のレコード・コレクションとオーディオの写真を載せてたんですよ。その「外伝」というのがウェブで公開されていて、春樹がレコード・ディグの話をしているんだけど、これがマニアックですごい。もう世界中どこへ行っても中古レコ屋を廻っている。あと、これはTwitterで見たんだけど、京都の立誠小学校でレコード・フェアが開催されたんですって。そうしたら朝一に春樹が現れて、めぼしいものを抜いて風のように去っていったそうです（笑）。ディスクユニオンでも目撃情報がありますね。

大和田　基本的にはコレクターの人ですよね。海外旅行に行っても、ひたすらレコード屋にばかり行くらしい。観光名所には行かないで。

大谷　それはレコードマニアとしては普通でしょう。プレスした国によって音が違うとか、いろいろあるんです。マニアっていうのは、同じビートルズのレコードでも、インドでプレスされたものはシタールの音が違うとか（笑）。

大和田　集めているのはジャズとクラシックばっかりだよね。
大谷　小説に具体的に登場させることを考えると、クラシックの方が使いにくい気がします。どうしても長くなっちゃうでしょう。作曲者、曲名だけじゃなく、指揮者が誰とかなんのオケとか書かないといけないから。
鈴木　長くなっちゃうからカッコ悪い（笑）。
大谷　だから、「シューベルトの〇〇って曲」みたいな使い方にして、テーマソングというか、全体のイメージソングみたいなかたちにしていますよね、最近は。
栗原　指揮者や演奏者による比較はよくやってるじゃない。最初の『風の歌を聴け』でも、ベートーヴェンのピアノ協奏曲第3番は、バーンスタインが指揮でグレン・グールドがピアノの演奏と、カール・ベームが指揮でバックハウスがピアノの演奏、どっちがいい、みたいな会話があった。
鈴木　オタク的な領域にも踏み込んでいながら、その小説の方向性を表わしている。
大谷　『風の歌を聴け』はすごく丁寧に音楽を選択して使っていますよね。クラシックもジャズもポップスも。洗練されていて。『ノルウェイの森』まではすごくよくできていると思っている、音楽の使い方は（笑）。それ以降は、音楽が重要な要素ではなくなってきたのかな。ポップスを使うなら、きちんとその時代の希望とか消費物とかって意識して使っていた。クラシックは時代性と切り離された、消費物じゃないもの、という扱いになって、そういう意味で小説に登場するようになってきたんじゃないですか。

アイテムとしての音楽

大和田　本文でも書いたけど、○○年のヒット曲、って書いてある曲を調べると、実はマイナーヒットくらいなんですよ。同じ年でもっと有名な曲はたくさんあるのに、年間20位くらいの曲をあえて持ってくる。「正統的」な歴史じゃなくて、一人一人の代入可能な記号というか、誰しもがそこに自分にとっての思い出の曲を入れられるように、丁寧な選択をしているんです。

藤井　最近の作品だと、そういう丁寧さはなくなりましたよね。『騎士団長殺し』ではドアーズの「アラバマ・ソング」が出てくるけど、歌詞と小説の内容が合っているし使っちゃおうかな、みたいな雑な感じがある。

栗原　80年代ポップスなんて、昔からずっと雑な使われ方しかしていない(笑)。

鈴木　雑な使い方をしても、読むほうが深読みする人が多くなったから、逆にそういうところを利用しているのかもしれない。みんな最近解釈しちゃうでしょ。本文で言及していた「シーバス・リーガル問題」みたいに。

栗原　春樹はシーバス・リーガル好きだよね（笑）。認識がシーバスが高級酒だった時点に留まっているのかな。たとえばシェリル・クロウは、小説は『騎士団長殺し』が初登場なんだけど、エッセイなんかでは何度も言及している。それなりに思い入れのある人のはずなんだけど、それにもかかわらず使われ方がやっぱり雑というか、あまり必然性が感じられない。80年代以降の音楽は基本的に、名前を出すだけのアイテムになっちゃってる感じですよね。

大谷　それじゃあ中上健次みたいな文学者と同じになっちゃうから、反省してほしいな。初期の彼が否定的に考えてた「文学」と近くなっちゃう。

栗原　ぞんざいに扱うミュージシャンは、一貫して同じ。デュラン・デュランとかひどい。あとアバとか。

大和田　フリオ・イグレシアスとかね（笑）。春樹は、ぞんざいに扱ってるのがわかるからいいじゃない。中上健次は本気だよ、本気で間違ってる（笑）。

栗原　その点で言うと、『海辺のカフカ』で主人公のカフカ少年が聴いているのがレディオヘッドとプリンスだというのが、それまでの春樹とは何か違ってきたんじゃないかと思ったポイントですかね。レディオヘッドはわかるんだよね。2000年前後のトム・ヨークを15歳の少年が聴いているっていうのは非常にしっくりくる。でもプリンスは聴くかなあ？　というね。

藤井　図書館で中学生が手当たり次第に借りていったら、案外出会うと思いますよ。でも小説における必然性は感じないですね。

大谷　棚が「P・Q・R」で近くにあるからじゃない（笑）。図書館ってそういう並べ方でしょ。

鈴木　もう歴史性はないんでしょうね。すべてが平面になっている、図書館的な世界。

大谷　TSUTAYA的でもあるよね。

栗原　春樹ももう70歳だからねえ。ディランやドアーズを聴くようにウィルコやシェリル・クロウを聴けるかというと、なかなかそうもいかないでしょうし。

大和田　そうですよ。自分が70歳になったとき、今のウィルコみたいなバンドをちゃんと聴けるか、って話ですよ（笑）。そう考えると春樹は偉い。

栗原　ボブ・ディランといえば、ディランがノーベル文学賞を獲ったときに、どうして誰も春樹にコメント取りに行かなかったんだろう。行ったけど断られたのかな？

大和田　聞きづらい（笑）。

大谷　聞きに行くべきだよね。海外のメディアとか行きそうだけど。
栗原　海外のメディアになら喋ってくれそうだよね。

レコードコレクター春樹

栗原　『1Q84』は、出たときは「なんだこれ」みたいに色々言われたじゃないですか。でも『多崎つくる～』が出たら「『1Q84』よかったじゃん」って感じになって、『騎士団長殺し』が出たら「『1Q84』はすばらしかった」みたいな論調になったよね（笑）。春樹の長篇は構造がずっと同じだから、出来不出来の差がかえって出るのかもしれない。川上未映子との対談『みみずくは黄昏に飛びたつ』を読むと、春樹本人も同じことをやっているって自覚はあるみたいですね。
大和田　同じことをやるっていうのは、音楽好き・ポップス好きとしてはいいでしょう。同じことをやるのが必ずしも悪いとは思わない。
鈴木　『多崎つくる～』は最初何だこりゃと思いましたよ。でも、リストの音楽があるからこそ、2つの世界が平行して寄り添ったり離れたり、という世界が成立している。

大谷　リストのバックアップがあるからこそ小説が成り立っているんですね。ダブルイメージとして読める。

藤井　春樹は『意味がなければスイングはない』のブルース・スプリングスティーンのパートで、スプリングスティーンのルーツであるワーキング・クラスの鬱屈した人生について「色彩に乏しい」と表現しているんですよ。『多崎つくる〜』は春樹なりにワーキング・クラスの閉塞感を書こうとしている小説なのかな、と深読みしたりもしました。

大谷　なんか近代文学返りしてしまったのかもしれないと思いますね。ポップスとの関係が切れるとそうなっちゃうのかな。

栗原　時代意識をポップスとロックが担っていたんだけど、60年代的価値観は80年代に潰えたと言って『ダンス・ダンス・ダンス』を書いて、そこで初期の4部作で扱ってきた問題に区切りをつけた。以降クラシックが前面に出てくるわけだけど、音楽と時代のつながりはそこで切れる。作品と時代のつながりも薄くなりますね。

大和田　春樹のクラシックの使い方は、いわゆるクラシック音楽の分野における流行というか、時代を追っているんですか。

鈴木　全然追ってないですね。時代性とは関係ない使い方をしています。

大谷　ジャズ喫茶の店主は、大っぴらにはクラシックを聴かないわけですよ。だから春樹がクラシックをしっかり聴くようになったのって、多分90年代以降なんじゃないでしょうか。もちろんグールドとか、そういうのは音楽ファンとして聴いていただろうけど。趣味の中でも作品の中でも、クラシックの比重が上がってくるのもそれくらいですよね。

鈴木　『ねじまき鳥クロニクル』くらいからですかね。

大谷　『国境の南、太陽の西』ではまだクラシックの気配が薄いです。

栗原　『ねじまき鳥クロニクル』からでしょうね。80年代以降のポップスを切り捨てたあとに、クラシックの比重が一気に上がっていく。

大和田　ジャズの流れがフリーのほうに行っていたときでも、春樹はスタン・ゲッツとかパーシー・フェイスとかを聴いていたっていうエピソードから、彼なりの批評精神が読み取れるじゃないですか。クラシックにはそういうのはあるんですか。

鈴木　クラシックで出てくるものは、ほぼすべてレコード時代に発売されたものですね。デジタル音源のものさえほとんど出てこないんじゃないかな。

大谷　思うんだけど、だんだん中古屋で買いたいものがなくなってきたから、新しいジャンルとしてクラシックのレコード集めに移ったんじゃないかな（笑）。レコード好きとして、だんだん隣の棚に行くっていうのはよくあることだし。

年齢と音楽

栗原　春樹って、デビュー当時は文化風俗的に最先端な人ってイメージだったじゃない。でも実は保守的で懐古的な趣味の人なんだというのが、いつ頃からかな、わかってきましたよね。『騎士団長殺し』でも相変わらずスプリングスティーンの『ザ・リバー』を聴いていて、それはいいんだけど、このアルバムはレコードを引っ繰り返して聴くべき音楽なのだ、「CDで続けざまに聴くアルバムではない」なんて主人公の「私」に言わせてしまう。『騎士団長殺し』は時代設定が2000年代半ばで、「私」は36歳だから70年生まれくらい。『ザ・リバー』は80年のアルバムだから、「私」は当時10歳ですよ。

藤井　年齢的に『ザ・リバー』を懐かしい、なんて相当ませた子ども時代を過ごさないとまず言わない。

栗原　『多崎つくる～』くらいから、主人公の年齢を自分の世代とずらしてきてるでしょう。でも、基本、作者の分身であることは変わらなくて、趣味も同じ。その結果、時空がねじれてしまっている。

大和田　そろそろ校閲から言われそう。聴いてる音楽がおかしいですよ、って。

大谷　そういうエラーといえば、やっぱりナット・キング・コールの「国境の南」。実際に歌ってはいないという。

大和田　あと、『ノルウェイの森』でレイコさんがバカラックの曲を何曲か弾くシーン。最後に「ウェディングベル・ブルース」をやるんだけど、あの曲はバカラックじゃなくてローラ・ニーロ。すごい間違い。これは校閲が見逃すわけない。

栗原　『国境の南、太陽の西』も『ノルウェイの森』もどっちも講談社か。講談社なら見逃すこともあるかもしれない（笑）。

大和田　指摘があったけど「ここはこのままで」みたいなやりとりがあったんじゃないかなと思ってます。

大谷　ナット・キング・コールは校閲も気づかなかったと思います。もしかしたら音源がないだけで、テレビかラジオでライブが流れたことはあったのかもしれないですが。あと、『海辺のカフカ』以降はやたら説教とかレクチャーする登場人物が出てくるようになったでしょ。

鈴木　大島さんの車でシューベルト、とか。

栗原　『1Q84』に出てくる天吾のセックスフレンドの奥さんがさ、やたらジャズに詳しかったじゃない。どこのジャズ喫茶の親父だよって講釈をベッドで垂れる（笑）。

大谷　エロとレクチャーの2本立てだ。これは当然受ける（笑）。

栗原　音楽を語るときに、適当な登場人物に口寄せして自分の音楽観を喋らせるようになったよね。『海辺のカフカ』で、ちょい役の喫茶店の店主に「大公トリオ」を語らせたり。

大谷　もう初老だね、説教したくなるのは。

栗原　たとえば『ダンス・ダンス・ダンス』で五反田君が語るビーチ・ボーイズも春樹のビーチ・ボーイズだったわけだけど、五反田君は、春樹の分身である「僕」のオルターエゴだったから、それで成立していた。でも人妻の奥さんとか喫茶店のマスターとか、作者本人と何の関係もない。『騎士団長殺し』と同じようなねじれがここにもあるよね。

テーマ曲選びと言葉の響き

栗原　最近の作品で音楽の使い方が一番よかったのはやっぱ『1Q84』ですかね。「シンフォニエッタ」はハマっていた。

大谷　音楽をテーマとして匂わせて世界観をまとめる、ということに取り組んでますよね。

栗原　そういうやり方は『ねじまき鳥クロニクル』からですよね。「泥棒かささぎ編」「予言する鳥編」「鳥刺し男編」って。

鈴木　タイトルにつけて匂わせたいんですよね。『騎士団長殺し』もそうなんだけど。

栗原　クラシックは、そもそも本人が愛聴してたものを使ってるのかな。「ドン・ジョバンニ」とか。

鈴木　「ドン・ジョバンニ」は、テーマとしてのみ使いたかったんだと思います。

栗原　説教する系は昔から愛聴してるものだよね、シューベルトとか「大公トリオ」とか。でも、そういう曲は主題に使わない。

大和田　テーマにするものは、名前の響きを重視しているように思えますね。『騎士団長殺し』って、やっぱり言葉の響きが面白いでしょう。「泥棒かささぎ」も。名前の響きだったり、印刷したときのカタカナの感じとかも重視していると思う。

大谷　「イデア」とか「メタファー」とかって言葉も、プラトンから取ってきたんじゃなくて、言葉の響きから取ってそうですよね。まあ、ユングかもしれないけど。

栗原　川上未映子との対談で、未映子がイデアといったらプラトンだろうと準備していったら、春樹は「そうなの?」とかとぼけてて。「知らなかった」とか。嘘つけ（笑）。

大和田　「壁と卵」も、言葉の響きが春樹っぽい。

大谷　こうやってデビュー作から最新作を一気に読んだあとに総合して考えると、やっぱり『風の歌を聴け』が一番、音楽の使い方としてはよくできていたってことですよ。

栗原　『風の歌を聴け』は、今から考えると春樹作品の中では異質ですよね。音楽の使い方に限らず小説の構造も異質。でも散々話して結論はそこですか（笑）。

収録アルバム	発表年	登場ページ
		254
		273
		273
ルック・オブ・ラブ	1982	273
Just Another Day in Paradise	1982	274
		278 343
		280
		343
		368 442
ザ・リバー	1980	429
ザ・リバー	1980	429
ラバー・ソウル	1965	429
ペット・サウンズ	1966	429
ザ・リバー	1980	429
		465
		465 499-500 504
		465
		497
		497
		497
		499
		502

アーティスト	楽曲タイトル（クラシックの場合は作曲家名も）
	R. シュトラウス　オーボエ協奏曲
デュラン・デュラン	
ヒューイ・ルイス	
ABC	ルック・オブ・ラブ
バーティー・ヒギンズ	キー・ラーゴ
R. シュトラウス　指揮、 ウィーン・フィルハーモニー　演奏	ベートーヴェン　交響曲第 7 番
デボラ・ハリー	フレンチ・キッス・イン・ザ・USA
	ウィンナ・ワルツ
	モーツァルト　ドン・ジョバンニ
ブルース・スプリングスティーン	インディペンデンス・デイ
ブルース・スプリングスティーン	ハングリー・ハート
ビートルズ	
ビーチ・ボーイズ	
ブルース・スプリングスティーン	キャディラック・ランチ
	バッハ　インヴェンション
	モーツァルト　ピアノ・ソナタ
	ショパン　小品
	バッハ
	ヘンデル
	ヴィヴァルディ
	アニー・ローリー
	ブラームス　交響曲

収録アルバム	発表年	登場ページ
		203
		204
		204
		204
		204
		204
		204
	1967	246
モンクス・ミュージック	1957	247
		247
		247
		278
マジカル・ミステリー・ツアー	1967	317
		317
		317
		361
		382
		392-393 434
		397
		41
		41
	1968 1969	73 117 124 137 141 343 390
		94 100
		94 100
		118
		221
		221
ナッシュヴィル・スカイライン	1969	221-222
ハートに火をつけて	1967	221-222
ザ・リバー	1980	222 428-430
ロバータ・フラック&ダニー・ハサウェイ	1972	222
ロバータ・フラック&ダニー・ハサウェイ	1972	224
	1935	253

アーティスト	楽曲タイトル（クラシックの場合は作曲家名も）
	ラヴェル
	バッハ
	シューベルト
	ブラームス
	シューマン
	ベートーヴェン
	モーツァルト
ジョージ・セル　ピアノ、ラファエル・トゥルイアン　ヴァイオリン	モーツァルト　ピアノとヴァイオリンのためのソナタ
セロニアス・モンク	
コールマン・ホーキンズ	
ジョン・コルトレーン	
	アニー・ローリー
ビートルズ	フール・オン・ザ・ヒル
ジョン・レノン	
ポール・マッカートニー	
セロニアス・モンク	
マウリツィオ・ポリーニ	
	シューベルト　弦楽四重奏曲第13番、D804　ロザムンデ
	ヴェルディ　エルナーニ
第2部　遷ろうメタファー編	
チャーリー・ミンガス	
レイ・ブラウン	
ゲオルグ・ショルティ　指揮、ウィーン・フィルハーモニー　演奏、レジーヌ・クレスパン　歌唱、イヴォンヌ・ミントン　歌唱	R. シュトラウス　ばらの騎士
	ショパン
	ドビュッシー
	R. シュトラウス
ビリー・ホリディ	
クリフォード・ブラウン	
ボブ・ディラン	
ドアーズ	アラバマ・ソング
ブルース・スプリングスティーン	
ロバータ・フラック＆ダニー・ハサウェイ	
ロバータ・フラック＆ダニー・ハサウェイ	フォー・オール・ウィー・ノウ
ゲオルク・クーレンカンプ　ヴァイオリン、ヴィルヘルム・ケンプ　ピアノ	ベートーヴェン　ヴァイオリン・ソナタ

収録アルバム	発表年	登場ページ
		296
13 Jours en France	1968	297
A Summer Place	1960	297 299 300
		299
		299
映画『ティファニーで朝食を』サントラ	1961	299
		300

（新潮社、単行本第１刷）

		タイトル
チューズデイ・ナイト・ミュージック・クラブ	1993	36 40
	1966	38
ピラミッド	1960	40
		60
		71
		71
		72 203
		72 203
		75
		75
		101-105 126-127 303 366 368
		127
		127
		127
		127
		127
『ばらの騎士』全曲	1968 1969	151-153 163 194 198
		152
		152
	1950	203 259
		203
		203
		203
		203

アーティスト	楽曲タイトル（クラシックの場合は作曲家名も）
ドアーズ	
フランシス・レイ	白い恋人たち
パーシー・フェイス・オーケストラ	夏の日の恋
ゴリラズ	
ブラック・アイド・ピーズ	
ヘンリー・マンシーニ	ムーン・リヴァー
ジェファーソン・エアプレイン	

騎士団長殺し

第1部　顕れるイデア編

	モーツァルト　ドン・ジョバンニより騎士団長殺し
シェリル・クロウ	
イ・ムジチ合奏団	メンデルスゾーン　弦楽八重奏曲
MJQ	
ローリング・ストーンズ	
	プッチーニ　トゥーランドット
	プッチーニ　ラ・ボエーム
	プッチーニ
	ドビュッシー
	ベートーヴェン　弦楽四重奏曲
	シューベルト　弦楽四重奏曲
	モーツァルト　ドン・ジョバンニ
クラウディオ・アバド	
ジェームズ・レヴァイン	
小澤征爾	
ロリン・マゼール	
ジョルジュ・プレートル	
ゲオルグ・ショルティ　指揮、ウィーン・フィルハーモニー演奏、レジーヌ・クレスパン　歌唱、イヴォンヌ・ミントン　歌唱	R. シュトラウス　ばらの騎士
ヘルベルト・フォン・カラヤン	
エーリッヒ・クライバー	
ウィーン・コンツェルトハウス弦楽四重奏団	シューベルト　弦楽四重奏曲第15番 D887
	チャイコフスキー
	ラフマニノフ
	シベリウス
	ヴィヴァルディ

収録アルバム	発表年	登場ページ
		32
		32
		32
		32
		32
ヘルプ! 4人はアイドル	1965	タイトル 73他
		75
ザ・ビートルズ（ホワイト・アルバム）	1968	89
	1944	119
		150
		150
		158
マイ・ウェイ	1969	177
		233
ジェリコの戦い（Hawkins Alive! at the Village Gate）	1962	236
ジョージア・オン・マイ・マインド	1941	245
セレナーデ・トゥ・ローラ	1949	245
Cooking the Blues	1954	245
		267
		267
		267
Ben & "Sweets"	1962	275
		294
		296
		296
		296
		296
		296
		296
		296
		296
		296
		296
		296

アーティスト	楽曲タイトル（クラシックの場合は作曲家名も）
	ベートーヴェン　管弦楽四重奏曲
ビーチ・ボーイズ	
ラスカルズ	
クリーデンス・クリアウォーター・リヴァイヴァル	
テンプテーションズ	
イエスタデイ	
ビートルズ	イエスタデイ
ジミ・ヘンドリックス	
ビートルズ	オブ・ラ・ディ、オブ・ラ・ダ
ジョニー・バーク（作詞）、ジミー・ヴァン・ヒューゼン（作曲）	ライク・サムワン・イン・ラブ
独立器官	
	シューベルト
	メンデルスゾーン
バリー・ホワイト	
フランク・シナトラ	マイ・ウェイ
木野	
アート・テイタム	
コールマン・ホーキンス	ジェリコの戦い
ビリー・ホリディ	ジョージア・オン・マイ・マインド
エロール・ガーナー	ムーングロウ
バディー・デフランコ	言い出しかねて
テディー・ウィルソン	
ヴィック・ディッケンソン	
バック・クレイトン	
ベン・ウェブスター	マイ・ロマンス
女のいない男たち	
クリフォード・ブラウン	
	エレベーター音楽
パーシー・フェイス・オーケストラ	
マントヴァーニ・オーケストラ	
レイモン・ルフェーヴル	
フランク・チャックスフィールド	
フランシス・レイ	
101 ストリングス	
ポール・モーリア	
ビリー・ヴォーン	
デレク・アンド・ザ・ドミノス	
オーティス・レディング	

収録アルバム	発表年	登場ページ
		（文春文庫、第1刷）
		タイトル 72 74 150 170 210 230 278 279 348
		71 74
		71 74
巡礼の年	1977	73 281 349 415
		73
ジーニアス・オブ・モダン・ミュージック Vol.1	1951	89 92
		90
		97
		97
		104
		176
		176
エルヴィス 75 〜グレイテスト・ヒッツ 75	1964	190 195 196
		230
		255
		269
		278 280 352
エルヴィス〜ベスト・ヒッツ・イン・ジャパン	1956	296
		348
		349
		349
巡礼の年	1986	349 350 389
		352
		398
		（文春文庫、第1刷）
サージェント・ペパーズ・ロンリー・ハーツ・クラブ・バンド	1967	14
ペット・サウンズ	1966	14
ラバー・ソウル	1965	タイトル

アーティスト	楽曲タイトル（クラシックの場合は作曲家名も）
色彩を持たない多崎つくると、彼の巡礼の年	
	リスト　巡礼の年第１年スイス　ル・マル・デュ・ペイ
バリー・マニロウ	
ペット・ショップ・ボーイズ	
ラザール・ベルマン	
クラウディオ・アウラ	
セロニアス・モンク	ラウンド・ミッドナイト
セロニアス・モンク	
	モーツァルト
	シューベルト
	ワーグナー　ニーベルングの指輪
アントニオ・カルロス・ジョビン	
	ブラームス　交響曲
エルヴィス・プレスリー	ラスヴェガス万歳!
	シューマン　トロイメライ　子供の情景
ワム!	
	シベリウス
	リスト　巡礼の年　第２年イタリア　ペトラルカのソネット第47番
エルヴィス・プレスリー	冷たくしないで
	リスト　巡礼の年　第１年スイス　ジュネーブの鐘
	リスト
	ベートーヴェン　ピアノ・ソナタ
アルフレート・ブレンデル	
	リスト　巡礼の年　第２年イタリア　ペトラルカのソネット第104番
	ハイドン　交響曲
女のいない男たち	
まえがき	
ビートルズ	
ビーチ・ボーイズ	
ドライブ・マイ・カー	
ビートルズ	ドライブ・マイ・カー

収録アルバム	発表年	登場ページ
		77
		97
		97
		98
		99 119
		99
		113
		113
		113
プレイズ・W.C.ハンディ	1954	113
		113
アフターマス	1966	150
アフターマス	1966	150
ザ・ローリング・ストーンズ・ナウ!	1965	151
		176
		176
		176
		176
		202 260
		238
『華麗なる賭け』サウンドトラック	1968	260
		63 115 260 329
		115
		115
		115
		152
		152
		225
		327
		328
		328
	1959	328
九ちゃんの唄 第2集	1963	125
		237

アーティスト	楽曲タイトル（クラシックの場合は作曲家名も）
	「一九六〇年代後半に流行った、日本人の歌手が歌うフォークソングの特集」
	テレマン　各種独奏楽器のためのパルティータ
	ラモー
	テレマン
ジェフ・ベック	
	デュプレ　オルガン曲
デューク・エリントン	
ベニー・グッドマン	
ビリー・ホリデイ	
ルイ・アームストロング	シャンテレ・バ
トラミー・ヤング	
ローリング・ストーンズ	マザーズ・リトル・ヘルパー
ローリング・ストーンズ	レディ・ジェーン
ローリング・ストーンズ	リトル・レッド・ルースター
	ブラームス　交響曲
	シューマン　ピアノ曲
	バッハ　鍵盤音楽
	宗教音楽
	ヤナーチェク　シンフォニエッタ
	峠の我が家
ミシェル・ルグラン（ノエル・ハリソン　歌）	風のささやき
BOOK3 前編	
	ヤナーチェク　シンフォニエッタ
	マーラー　交響曲
	ハイドン　室内楽
	バッハ　鍵盤音楽
キャンディーズ	
井上陽水	
グランド・ファンク・レイルロード	
	シベリウス　ヴァイオリン協奏曲
	ラモー　コンセール
	シューマン　謝肉祭
ダヴィッド・オイストラフ　ヴァイオリン	シベリウス　ヴァイオリン協奏曲
BOOK3 後編	
坂本九	見上げてごらん夜の星を
	ワーグナー　神々の黄昏

収録アルバム	発表年	登場ページ
		232、ディスレクシアの例として登場
		254
		254
	1965	260
		306 327
		306 327
		52
		52
『サウンド・オブ・ミュージック』サントラ	1965	122
		124
		126
		142
		147
ヤナーチェク：シンフォニエッタ、ルストワフスキ：管弦楽のための協奏曲	1970	41
プレイズ・W.C.ハンディ	1954	42
		42
		42
		44
		44
		44
		44
	1965	76 146
		124
		125
		146
		160
		168
		168
In Case You're in Love	1967	206
		219
	1933	12
		40 42 49
		54

アーティスト	楽曲タイトル（クラシックの場合は作曲家名も）
チャーリー・ミンガス	
	ハイドン
	モーツァルト
ジョージ・セル　指揮、クリーブランド管弦楽団	バルトーク　管弦楽のための協奏曲
クイーン	
アバ	
BOOK1 後編	
メル・トーメ	
ビング・クロスビー	
ジュリー・アンドリュース	マイ・フェイヴァリット・シングス
	バッハ　平均律クラヴィーア曲集
	バッハ　マタイ受難曲
	ダウランド　ラクリメ
	ハイドン　チェロ協奏曲
BOOK2 前編	
小澤征爾　指揮、シカゴ交響楽団	ヤナーチェク　シンフォニエッタ
ルイ・アームストロング	アトランタ・ブルース
バーニー・ビガード	
トラミー・ヤング	
ジミー・ヌーン	
シドニー・ベシエ	
ピー・ウィー	
ベニー・グッドマン	
ジョージ・セル　指揮、クリーブランド管弦楽団	ヤナーチェク　シンフォニエッタ
	バッハ　マタイ受難曲　アリア
ウラジミール・ホロヴィッツ	
	ヴィヴァルディ　木管楽器のための協奏曲
ジョン・レノン	
ビリー・ホリディ	
デューク・エリントン	
ソニー&シェール	ビート・ゴーズ・オン
ジェフ・ベック	
BOOK2 後編	
エドガー・イップ・ハーバーグ、ビリー・ローズ（作詞）、ハロルド・アーレン（作曲）	イッツ・オンリー・ア・ペーパームーン
ソニー&シェール	
	庭の千草

収録アルバム	発表年	登場ページ
（新潮文庫、第 1 刷）		
		11 他
		13
		13
ダイアル J.J.5	1957	13
エンカウンター!	1969	13
10 to 4 at the 5 Spot	1958	15
		18
		18
		18
		19
		19
	1959	36
		70
		71
		74
		74
		74
	1949	79
ブルー・ハワイ	1937	79
		81
That's All	1959	83
		171
フラッグ	1979	175
（新潮文庫、BOOK1 前編第 10 刷、BOOK1 後編第 3 刷、BOOK2 前編第 10 刷、BOOK2 後編第 3 刷、BOOK3 前編第 10 刷、BOOK3 後編第 1 刷）		
	1933	エピグラフ 135
	1965	11 17 73 93 203 252-255 257-260
スリラー	1982	31
		111
The King Cole Trio	1940	130

アーティスト	楽曲タイトル（クラシックの場合は作曲家名も）
東京奇譚集	
偶然の旅人	
トミー・フラナガン	
チャーリー・パーカー	
デューク・エリントン	
J・J・ジョンソン	バルバドス
ペッパー・アダムス	スタークロスト・ラヴァーズ
ペッパー・アダムス	
	ドビュッシー
	サティ
	プーランク
	プーランク　フランス組曲
	プーランク　パストラル
アルトゥール・ルービンシュタイン	ショパン　バラード集
ハナレイ・ベイ	
エルヴィス・プレスリー	
エルヴィス・コステロ	
レッド・ガーランド	
ビル・エヴァンス	
ウィントン・ケリー	
	バリハイ
ビング・クロスビー	ブルー・ハワイ
B'z	
ボビー・ダーリン	ビヨンド・ザ・シー
日々移動する腎臓のかたちをした石	
	マーラー　歌曲
ジェイムズ・テイラー	アップ・オン・ザ・ルーフ
1Q84	
BOOK1 前編	
	ペーパー・ムーン
ジョージ・セル　指揮、クリーブランド管弦楽団	ヤナーチェク　シンフォニエッタ
マイケル・ジャクソン	ビリー・ジーン
	バッハ　平均律クラヴィーア曲集
ナット・キング・コール	スイート・ロレイン

収録アルバム	発表年	登場ページ
		218
		223 228
		281
井上陽水ゴールデン・ベスト	1973	292
キッドA	2000	302
グレーテスト・ヒッツ（このタイトルのベスト盤は存在しない）		302
マイ・フェイヴァリット・シングス	1960	302 342
		328
		328
		328
		328
		328
		343
		423 425
		（講談社文庫、第6刷）
ブルースエット	1959	タイトル 32
Themes for Young Lovers	1963	9
		22
		31 217
		31
		32
		32
		33
エイプリル・フール	1969	37
ヴァーサタイル・マーティン・デニー	1962	47
アート・テイタム&ベン・ウェブスター・カルテット	1956	80
	1933	95
		95
ビヘイビアー	1991	97
プライベート・アイズ	1981	99
	1963	111
	1985	119 120
		148 276
A.スカルラッティ：カンタータ集	1997	195
		204
ヴィレッジ・ヴァンガードの夜	1957	254
FAMILY	1997	261

アーティスト	楽曲タイトル（クラシックの場合は作曲家名も）
	モーツァルト
	モーツァルト　ポストホルン・セレナーデ（管弦楽曲セレナーデ第９番）
	ベートーヴェン　幽霊トリオ（ピアノ３重奏曲第５番）
井上陽水	夢の中へ
レディオヘッド	
プリンス	
ジョン・コルトレーン	マイ・フェイヴァリット・シングス
	ベルリオーズ
	ワーグナー
	リスト
	シューマン
スーク・トリオ	
マッコイ・タイナー	
	エーデルワイス
アフターダーク	
カーティス・フラー	ファイヴ・スポット・アフターダーク
パーシー・フェイス・オーケストラ	ゴー・アウェイ・リトル・ガール
ワム!	
ミック・ジャガー	
エリック・クラプトン	
ジミ・ヘンドリックス	
ピート・タウンゼント	
タワー・オブ・パワー	
バート・バカラック（ディオンヌ・ワーウィック）	エイプリル・フール
マーティン・デニー楽団	モア
アート・テイタム&ベン・ウェブスター	マイ・アイデアル
デューク・エリントン	ソフィスティケーティッド・レディー
ハリー・カーネイ	
ペット・ショップ・ボーイズ	ジェラシー
ホール&オーツ	アイ・キャント・ゴー・フォー・ザット
アダモ	雪が降る
イーヴォ・ポゴレリチ	バッハ　イギリス組曲
フランシス・レイ	
ブライアン・アサワ	アレッサンドロ・スカルラティ　カンタータ
サザンオールスターズ	
ソニー・ロリンズ	ソニームーン・フォア・トゥー
スガシカオ	バクダン・ジュース

収録アルバム	発表年	登場ページ
（新潮文庫、上巻第5刷、下巻第1刷）		
		68 283
		68 465
		68
		113
		123
		159 312
		230
		230 231
		231 343
		235
		235
		239
		239
クリームの素晴らしき世界	1968	283
1999	1982	291
	1937	303
		465
		465
		465
		465
サージェント・ペパーズ・ロンリー・ハーツ・クラブ・バンド	1967	466
	1931	467
ブロンド・オン・ブロンド	1966	48
ホワイト・アルバム	1968	48
ドック・オブ・ザ・ベイ	1968	48
ゲッツ / ジルベルト	1964	48
		148
		148 218 324
1999	1982	186
ラヴ・シンボル	1992	186
ベートーヴェン：ピアノ三重奏曲第7番『大公』、シューベルト：三重奏曲第1番	1941	210
	1958	210 219
	1967	216
		218

アーティスト	楽曲タイトル（クラシックの場合は作曲家名も）
海辺のカフカ	
上巻	
デューク・エリントン	
ビートルズ	
レッド・ツェッペリン	
プリンス	
レディオヘッド	
	プッチーニ　ラ・ボエーム
	ベートーヴェン
	シューマン
	シューベルト　ピアノ・ソナタ第 17 番ニ長調　D850
アルフレッド・ブレンデル	
ウラディミール・アシュケナージ	
	シューベルト
	ワーグナー
クリーム	クロスロード
プリンス	リトル・レッド・コルヴェット
ラリー・モーリー（作詞）、フランク・チャーチル（作曲）	ハイホー!
ローリング・ストーンズ	
ビーチ・ボーイズ	
サイモン&ガーファンクル	
スティーヴィー・ワンダー	
ビートルズ	
ハーマン・フップフェルド（作詞作曲）	アズ・タイム・ゴーズ・バイ
下巻	
ボブ・ディラン	
ビートルズ	
オーティス・レディング	
スタン・ゲッツ&ジョアン・ジルベルト	
	プッチーニ
	ハイドン
プリンス	リトル・レッド・コルヴェット
プリンス	セクシー MF
ルービンシュタイン　ピアノ、ハイフェッツ　ヴァイオリン、フォイアマン　チェロ	ベートーヴェン　大公（ピアノ 3 重奏曲第 7 番変ロ長調）
オイストラフ・トリオ	ベートーヴェン　大公（ピアノ 3 重奏曲第 7 番変ロ長調）
ピエール・フルニエ	ハイドン　チェロ協奏曲第 1 番
	バッハ

収録アルバム	発表年	登場ページ
		118
		122
ジュリアス・カッチェン・デッカ録音全集	1964	166
		172
		215
		225
		232
		240
		240
		277
		312
		（新潮文庫、第 17 刷）
		17
		17
		49
映画『マルクス一番乗り』	1937	タイトル
ビーチ・ボーイズ	1963	118
レスター・ヤング『レスター・ヤング・アットJATP』	1965	123
		123
		123
		123
		123
		123
		123
		123
コンサート・バイ・ザ・シー	1955	124 126 147
		132
		135
		192 228

アーティスト	楽曲タイトル（クラシックの場合は作曲家名も）
テン・イヤーズ・アフター	
ヒューイ・ルイス & ザ・ニュース	
ジュリアス・カッチェン	ブラームス　4つのバラード
	バッハ　小曲
	ブラームス
	ヨハン・シュトラウス　美しく青きドナウ
	モーツァルト　ピアノ・ソナタ第14番ハ短調
	ベートーヴェン　ピアノ・ソナタ第21番　ワルトシュタイン
	シューマン　クライスレリアーナ
ベン・ウェブスター	
	バッハ　フーガの技法
神の子どもたちはみな踊る	
UFOが釧路に降りる	
ビートルズ	
ビル・エヴァンス	
アイロンのある風景	
パール・ジャム	
神の子どもたちはみな踊る	
ガス・カーン（作詞）、ワルター・ユルマーン、ブロニスラウ・ケイパー（作曲）	神の子はみな踊る（All God's Chillun Got Rhythm）
タイランド	
ビーチ・ボーイズ	サーファー・ガール
JATP（ジャズ・アット・ザ・フィルハーモニック）	アイ・キャント・ゲット・スターテド
ハワード・マギー	
レスター・ヤング	
ライオネル・ハンプトン	
バド・パウエル	
アール・ハインズ	
ハリー・エディソン	
バック・クレイトン	
エロール・ガーナー	四月の思い出
ベニー・グッドマン・セクステット	
コールマン・ホーキンズ	
蜂蜜パイ	
	シューベルト　鱒（ピアノ5重奏曲イ短調　作品114）

収録アルバム	発表年	登場ページ
		（文春文庫、第18刷）
		16
		16
		20
		38
		118
		118
		118
		（講談社文庫、第16刷）
		11
		20
		20
		21
	1955	29 254 309 310
	1950~54	33
		33
	1955 1957 1969	33
		33
		33
		33
いそしぎ	1965	49
		67
		74
		74
		74
		74
		74
		74
The Bobby Darin Story	1959	102
	1986	114
		115 117

アーティスト	楽曲タイトル（クラシックの場合は作曲家名も）
レキシントンの幽霊	
レキシントンの幽霊	
小澤征爾	
ボストン交響楽団	
リー・コニッツ	
	シューベルト
トニー滝谷	
ボビー・ハケット	
ジャック・ティーガーデン	
ベニー・グッドマン	
スプートニクの恋人	
ディジー・ガレスピー	
	シューベルト　交響曲
	バッハ　カンタータ
	プッチーニ　ラ・ボエーム
エリザベート・シュヴァルツコップフ　歌唱、ヴァルター・ギーゼキング　ピアノ	モーツァルト　歌曲　すみれ
ヴィルヘルム・バックハウス	ベートーヴェン　ピアノ・ソナタ
ウラディミール・ホロヴィッツ	ショパン　スケルツォ
フリードリヒ・グルダ	ドビュッシー　前奏曲集
ヴァルター・ギーゼキング	グリーク
スヴャトスラフ・リヒテル	プロコフィエフ
ワンダ・ランドフスカ	モーツァルト　ピアノ・ソナタ
アストラッド・ジルベルト	アルアンダ
マーク・ボラン	
	シューマン
	メンデルスゾーン
	プーランク
	ラヴェル
	バルトーク
	プロコフィエフ
ボビー・ダーリン	マック・ザ・ナイフ
ジュゼッペ・シノーポリ　指揮、マルタ・アルゲリッチ　ピアノ	リスト　ピアノ協奏曲第1番
	ヴィヴァルディ

収録アルバム	発表年	登場ページ
		206
		233
		252
		291
	1945	414
		436
		461
		（新潮文庫、第４刷）
		15
ビギン・ザ・ビギン	1978	26 42
10ナンバーズ・からっと	1979	39
		43
		43
		43
		109
		109
		109
		109
ロンドン・ハウスのビリー・テイラー	1956	111
		150
		150
		181
グレーテスト・ヒット第２集	1971	213
	1962 1963	この短篇が この曲の替え歌

アーティスト	楽曲タイトル（クラシックの場合は作曲家名も）
	お猿の駕籠屋
	リスト　練習曲
	モーツァルト　ピアノ・ソナタ
	ヘンデル　合奏協奏曲
アルトゥーロ・トスカニーニ　指揮	ロッシーニ　泥棒かささぎ序曲
	ロッシーニ　泥棒かささぎ序曲
	蛍の光

夜のくもざる

ホルン	
	ブラームス　ピアノ協奏曲
フリオ・イグレシアス	
フリオ・イグレシアス	ビギン・ザ・ビギン
コロッケ	
サザンオールスターズ	いとしのエリー
トランプ	
ウィリー・ネルソン	
アバ	
リチャード・クレイダーマン	
ずっと昔に国分寺にあったジャズ喫茶のための広告	
ジョン・コルトレーン	
スタン・ゲッツ	
キース・ジャレット	
クロード・ウィリアムソン	
ビリー・テイラー	
大根おろし	
トム・ジョーンズ	
アバ	
能率のいい竹馬	
	モーツァルト　K421（弦楽四重奏曲第15番）
激しい雨が降ろうとしている	
ボブ・ディラン	
朝からラーメンの歌	
ピーター・ポール&マリー、トリニ・ロペス他	天使のハンマー

収録アルバム	発表年	登場ページ
		151
Two Time Winners	1958	152
アンディ・ウィリアムス	1956	152
		152
		152
		152
		152
		152
		152
スリラー	1982	155
シェリー!	1962	156
		タイトル 199
		23
The Harp in Hi-Fi	1953	27
ビートルズ・フォー・セール	1964	28
		199
Dionne Warwick in Valley of the Dolls	1968	343
	1945	352
Songs for Young Lovers	1954	352
		タイトル
		61
		63
		81
		92
パセリ・セージ・ローズマリー・アンド・タイム	1966	100
		126
		162
		184
		184
		184
		184
		187
		187
		193
		197
		197

アーティスト	楽曲タイトル（クラシックの場合は作曲家名も）
ヴァン・ヘイレン	
アンディ・ウィリアムス	ハワイアン・ウェディング・ソング
アンディ・ウィリアムス	カナディアン・サンセット
セルジオ・メンデス	
ベルト・ケンプフェルト	
101ストリングス	
アルバート・アイラー	
ドン・チェリー	
セシル・テイラー	
マイケル・ジャクソン	ビリー・ジーン
シェリー・フェブレー	ジョニー・エンジェル
第2部　予言する鳥編	
	シューマン　森の情景　第7曲　予言する鳥
	バッハ　無伴奏ヴァイオリン・ソナタ
ロバート・マックスウェル	ひき潮
ビートルズ	エイト・デイズ・ア・ウィーク
	チャイコフスキー　弦楽セレナーデ
ディオンヌ・ワーウィック（バート・バカラック）	サン・ホセへの道
フランク・シナトラ	ドリーム
フランク・シナトラ	リトル・ガール・ブルー
第3部　鳥刺し男編	
	モーツァルト　魔笛　第1幕　私は鳥刺し
	ハイドン　カルテット
	バッハのハープシコード曲らしきもの
ブルース・スプリングスティーン	
キース・ジャレット	
サイモン&ガーファンクル	スカボロー・フェア
	モーツァルト　魔笛
オズモンド・ブラザース	
	バッハ
	モーツァルト
	プーランク
	バルトーク
	ロッシーニ　宗教曲
	ヴィヴァルディ　管弦楽のための協奏曲
	バッハ　音楽の捧げもの
バリー・マニロウ	
エア・サプライ	

収録アルバム	発表年	登場ページ
（講談社文庫、第 49 刷）		
		15 129
		15
		15 129
		15 204
		17 129 271
		17 129
アンフォゲッタブル	1953	17 245
（ナット・キング・コールはこの曲の録音を残していない）		22 242
		99
	1945	115
ゲッツ / ジルベルト他	1962	122
サッチ・スウィート・サンダー	1957	131 232 286
		149
	1930	149
		174
スピーキング・イン・タングス	1983	193
		233
		233
Twist with Chubby Checker	1960	234
		240
		241
		241
		268
		268
	1931	287
（新潮文庫、第 1 部第 35 刷、第 2 部第 29 刷、第 3 部第 32 刷）		
	1975	タイトル 11
The Brass Are Comin'	1969	77
		77
そよ風と私	1961	105
A Summer Place	1960	106
		147

アーティスト	楽曲タイトル（クラシックの場合は作曲家名も）
国境の南、太陽の西	
	ロッシーニ　序曲集
	ベートーヴェン　田園交響曲（交響曲第６番）
	グリーク　ペール・ギュント
	リスト　ピアノ協奏曲
ナット・キング・コール	
ビング・クロスビー	
ナット・キング・コール	プリテンド
ナット・キング・コール	国境の南
	シューベルト　冬の旅
イリノイ・ジャケー＆ヒズ・オーケストラ	ロビンズ・ネスト（「僕」の経営するジャズ・クラブの店名。作曲はチャールズ・トンプソン）
アントニオ・カルロス・ジョビン（作曲）	コルコヴァード
デューク・エリントン	スタークロスト・ラヴァーズ
チャーリー・パーカー	
ジョージ・ガーシュウィン（作曲）＆アイラ・ガーシュイン（作詞）	エンブレイサブル・ユー
	ヘンデル　オルガン協奏曲
トーキング・ヘッズ	バーニング・ダウン・ザ・ハウス
ビリー・ストレイホーン	
ポール・ゴンザルヴェス	
チャビー・チェッカー	ザ・ツイスト
	モーツァルト　弦楽四重奏曲
	犬のおまわりさん
	チューリップ
	ヴィヴァルディ
	テレマン
ハーマン・ハプフェルド（作詞作曲）	アズ・タイム・ゴーズ・バイ
ねじまき鳥クロニクル	
第１部　泥棒かささぎ編	
クラウディオ・アバド　指揮、ロンドン交響楽団	ロッシーニ　泥棒かささぎ序曲
ハーブ・アルパート＆ザ・ティファナ・ブラス	マルタ島の砂
キース・リチャーズ	
パーシー・フェイス・オーケストラ	タラのテーマ
パーシー・フェイス・オーケストラ	夏の日の恋
エリック・ドルフィー	

収録アルバム	発表年	登場ページ
		157
		161
		163
		166
		166
		166
	1917	285
	1964	288
フィア・オブ・ミュージック	1979	312 314
Hums of the Lovin' Spoonful	1966	317
An Enchanted Evening With Mantovani & His Orchestra	1952	350
（文春文庫、第12刷）		
		57
		57
		57
		57
		57
		57
		57
		57
		75
		75
		76
		122
スティル・ライフ	1982	128
		135
		154 159 206
		154 159 206

アーティスト	楽曲タイトル（クラシックの場合は作曲家名も）
ミック・ジャガー	
	シューベルト　作品100のトリオ（ピアノ三重奏曲第2番）
エルトン・ジョン	
ピンク・フロイド	
ラヴィン・スプーンフル	
スリー・ドッグ・ナイト	
	タイガー・ラグ
ルイ・アームストロング他	ハロー・ドーリー！
トーキング・ヘッズ	
ラヴィン・スプーンフル	サマー・イン・ザ・シティ
マントヴァーニ・オーケストラ	魅惑の宵

TV ピープル

飛行機 ―― あるいは彼はいかにして詩を読むようにひとりごとを言ったか	
	ヴェルディ
	プッチーニ
	ドニゼッティ
	R.シュトラウス
	プッチーニ　ラ・ボエーム
	プッチーニ　トゥーランドット
	ベルリーニ　ノルマ
	ベートーヴェン　フェデリオ
我らの時代のフォークロア ―― 高度資本主義前史	
ドアーズ	
ビートルズ	
ボブ・ディラン	
加納クレタ	
キース・リチャーズ	
ローリング・ストーンズ	ゴーイン・トゥー・ア・ゴーゴー
ゾンビ	
マイケル・ジャクソン	
眠り	
	ハイドン
	モーツァルト

収録アルバム	発表年	登場ページ
シャット・ダウン Vol.2	1964	24
サマー・デイズ	1965	25
リトル・デュース・クーペ	1963	25
サーファー・ガール	1963	25
スパニッシュ・ハーレム	1960	31
スタンド!	1969	34 51
		46
		46
		58
		58
		60 94
		60
		60
		61
		61
		66
		69
		81
ザ・リバー	1980	92 126
フラッシュバック	1983	93
		94 169 203 213
レオン・ラッセル	1970	98
ブルー・ハワイ	1937	99
Four Star Favorites	1940	103
	1933	104
		110
		122 126 166
		126
		140
		140
		140
	1930	140
	1944	141
Hollywood Stampede	1972 (録音は1945)	151
サイドワインダー	1963	151
		157

アーティスト	楽曲タイトル（クラシックの場合は作曲家名も）
ビーチ・ボーイズ	ファン・ファン・ファン
ビーチ・ボーイズ	カリフォルニア・ガールズ
ビーチ・ボーイズ	409
ビーチ・ボーイズ	キャッチ・ア・ウェイヴ
ベン・E・キング	
スライ&ザ・ファミリー・ストーン	エヴリデイ・ピープル
ダイアー・ストレイツ	
ボブ・ディラン	
エリック・クラプトン	
ホール&オーツ	
デュラン・デュラン	
ジョー・ジャクソン	
プリテンダーズ	
スーパー・トランプ	
カーズ	
ロキシー・ミュージック	
	ヴィヴァルディ
	モーツァルト
ブルース・スプリングスティーン	ハングリー・ハート
J・ガイルズ・バンド	ダンス天国
ボーイ・ジョージ	
レオン・ラッセル	ソング・フォー・ユー
ビング・クロスビー	ブルー・ハワイ
アーティー・ショー&ヒズ・オーケストラ	フレネシ
ベニー・グッドマン他	ムーングロウ
フォリナー	
ローリング・ストーンズ	
ブルース・スプリングスティーン	
	セルゲイ・ラフマニノフ
	スターダスト
	バット・ノット・フォー・ミー
ジョージ・ガーシュウィン	ヴァーモントの月
ジョン・ブラックバーン（作詞）、カール・スースドーフ（作曲）	ショパン　プレリュード
コールマン・ホーキンズ	スタッフィー
リー・モーガン	サイドワインダー
ビーチ・ボーイズ	

収録アルバム	発表年	登場ページ
		284
		285
		291
アーサー・プライソック&カウント・ベイシー	1966	331
		338
		338
		338
		338
		339
エクソダス	1977	341
ミスター・ロボット	1983	341
		342
		342
		343
		384
		370
バラード	1961~62	14
レッド・クレイ	1970	15 20
		18
		18
		18
		18
		18
		18
		18 37 60
		18
		18
スマイリー・スマイル	1967	22
サーファー・ガール	1963	22
20/20	1969	22
ワイルド・ハニー	1967	22
オランダ	1973	22
サーフズ・アップ	1971	22 166
		23
		23
		23
		23
		23

アーティスト	楽曲タイトル（クラシックの場合は作曲家名も）
ポリス	
	ヘンリー・パーセル
カウント・ベイシー	
アーサー・プライソック&カウント・ベイシー	
アート・ファーマー	
ストレイ・キャッツ	
スティーリー・ダン	
カルチャー・クラブ	
エルヴィス・プレスリー	
ボブ・マーリー & ザ・ウェイラーズ	
スティクス	ミスター・ロボット
サム・クック	
リッキー・ネルソン	
フィル・コリンズ	
デヴィッド・ボウイ	
	モーツァルト　ピアノ・ソナタ
下巻	
ジョン・コルトレーン	
フレディ・ハバード	
エルヴィス・プレスリー	
キッス	
ジャーニー	
アイアン・メイデン	
AC/DC	
モーターヘッド	
マイケル・ジャクソン	
プリンス	
スライ&ザ・ファミリー・ストーン	
ビーチ・ボーイズ	グッド・ヴァイブレーション
ビーチ・ボーイズ	サーファー・ガール
ビーチ・ボーイズ	
ビーチ・ボーイズ	
ビーチ・ボーイズ	
ビーチ・ボーイズ	
クリーム	
ザ・フー	
レッド・ツェッペリン	
ジミ・ヘンドリックス	
ブライアン・ウィルソン	

収録アルバム	発表年	登場ページ
		201 204
Ray Charles Greatest Hits	1961	203
リック・イズ・21	1961	203 204
オール・アローン・アム・アイ	1962	203
レッツ・ダンス	1983	208
		208
		208
		208
		208
		208 238
		208
		208
		208
スティル・ライフ	1982	208
パイプス・オブ・ピース（ポール・マッカートニー）	1983	208
		208 384
The Wonderful World of Sam Cooke	1960	208
The "Chirping" Crickets	1957	208
That's All	1959	208
	1956	208
One Dozen Berrys	1958	209
The Eddie Cochran Memorial Album	1958	209
エヴァリー・ブラザース	1957	209
カム・ゴー・ウィズ・ミー	1957	210
シュガー・シャック	1963	211
サーフィン U.S.A.	1963	213
ビーチ・ボーイズ・トゥデイ!	1965	213 315
リーチ・アウト	1962	217
We Remember Tommy Dorsey Too!	1962	227
『シャフト』サントラ	1971	236
		238
		264
		271
		278
		278
		278
ブリンギング・イット・オール・バック・ホーム	1965	278
フリーホイーリン・ボブ・ディラン	1962	280
		280 310

アーティスト	楽曲タイトル（クラシックの場合は作曲家名も）
トーキング・ヘッズ	
レイ・チャールズ	旅立てジャック
リッキー・ネルソン	トラヴェリン・マン
ブレンダ・リー	オール・アローン・アム・アイ
デヴィッド・ボウイ	チャイナ・ガール
フィル・コリンズ	
スターシップ	
トーマス・ドルビー	
トム・ペティ & ハートブレーカーズ	
ホール&オーツ	
トンプソン・ツインズ	
イギー・ポップ	
バナナラマ	
ローリング・ストーンズ	ゴーイン・トゥー・ア・ゴーゴー
ポール・マッカートニー&マイケル・ジャクソン	セイ・セイ・セイ
デュラン・デュラン	
サム・クック	ワンダフル・ワールド
バディ・ホリー	オー・ボーイ
ボビー・ダーリン	ビヨンド・ザ・シー
エルヴィス・プレスリー	ハウンド・ドッグ
チャック・ベリー	スイート・リトル・シックスティーン
エディ・コクラン	サマータイム・ブルース
エヴァリー・ブラザース	起きろよ、スージー
デル・ヴァイキングズ	カム・ゴー・ウィズ・ミー
ジミー・ギルマー&ザ・ファイヤー・ボールズ	シュガー・シャック
ビーチ・ボーイズ	サーフィン U.S.A.
ビーチ・ボーイズ	ヘルプ・ミー・ロンダ
フォー・トップス	リーチ・アウト・アイル・ビー・ゼア
モダネアーズ	
アイザック・ヘイズ	シャフトのテーマ
スティーヴィー・ワンダー	
ディープ・パープル	
ボブ・クーパー	
ジョー・ジャクソン	
シック	
アラン・パーソンズ・プロジェクト	
ボブ・ディラン	イッツ・オール・オーヴァー・ナウ、ベイビー・ブルー
ボブ・ディラン	はげしい雨が降る
ダイアー・ストレイツ	

収録アルバム	発表年	登場ページ
		36
		36
		36
		36
		36
		36
		36
		36
スティッキー・フィンガーズ		36
		37
		37
Modern Sound in Country & Western Music		37
		54
		73 75
		75
		75
プレイ・バッハ	1959	78
		78
		78
		83 84
		83
		83
		83
恋はみずいろ	1967	127 128 141 144
A Summer Place	1960	128 141
ブルー・ハワイ	1961	137
スリラー	1982	139 145
		144
		144
		144
		144
		144
		144
		144
		144
		144
		144
『ティファニーで朝食を』サントラ	1961	169

アーティスト	楽曲タイトル（クラシックの場合は作曲家名も）
ジェリー ＆ ザ・ペースメーカーズ	
フレディー ＆ ザ・ドリーマーズ	
ジェファーソン・エアプレイン	
トム・ジョーンズ	
エンゲルベルト・フンパーディンク	
ハーブ・アルパート&ティファナ・ブラス	
サイモン&ガーファンクル	
ジャクソン 5	
ローリング・ストーンズ	ブラウン・シュガー
ロッド・スチュワート	
J・ガイルズ・バンド	
レイ・チャールズ	ボーン・トゥ・ルーズ
ポリス	
ジェネシス	
	モーツァルト　フィガロの結婚
	モーツァルト　魔笛序曲
ジャック・ルーシェ	
	グレゴリオ聖歌
坂本龍一	
ジェリー・マリガン	
チェット・ベイカー	
ボブ・ブルックマイヤー	
アダム・アント	
ポール・モーリア	恋はみずいろ
パーシー・フェイス・オーケストラ	夏の日の恋
エルヴィス・プレスリー	ロカ・フラ・ベイビー
マイケル・ジャクソン	ビリー・ジーン
リチャード・クレーダーマン	
ロス・インディオス・タバハラス	
ホセ・フェリシアーノ	
フリオ・イグレシアス	
セルジオ・メンデス	
パートリッジ・ファミリー	
1910 フルーツガム・カンパニー	
ミッチ・ミラー合唱団	
アンディー・ウィリアムス	
アル・マルティーノ	
ヘンリー・マンシーニ	ムーン・リヴァー

収録アルバム	発表年	登場ページ
ブラザース・フォア	1960	285
リヴォルヴァー	1966	286

（講談社文庫、上巻第5刷・下巻第4刷）

Oh, What a Nite	1957	タイトル
		18
		19
		19
		19
		19
		19
		19
		19
		19
		35
		35
		35
		35
		35
		35
		35
		35
		35
		35
		35
		35
		35
		35
		35
		35
		35
		35
		35
		35
		35
		36
		36

アーティスト	楽曲タイトル（クラシックの場合は作曲家名も）
ブラザース・フォア	グリーン・フィールズ
ビートルズ	エリナー・リグビー

ダンス・ダンス・ダンス

上巻

アーティスト	楽曲タイトル（クラシックの場合は作曲家名も）
デルズ	ダンス・ダンス・ダンス
ヒューマン・リーグ	
インペリアルズ	
シュプリームス	
フラミンゴス	
ファルコンズ	
インプレッションズ	
ドアーズ	
フォー・シーズンズ	
ビーチ・ボーイズ	
フリートウッド・マック	
アバ	
メリサ・マンチェスター	
ビージーズ	
KC &ザ・サンシャイン・バンド	
ドナ・サマー	
イーグルス	
ボストン	
コモドアーズ	
ジョン・デンバー	
シカゴ	
ケニー・ロギンス	
ナンシー・シナトラ	
モンキーズ	
エルヴィス・プレスリー	
トリニ・ロペス	
パット・ブーン	
フェビアン	
ボビー・ライデル	
アネット	
ハーマンズ・ハーミッツ	
ハニカムズ	
デイヴ・クラーク・ファイヴ	

収録アルバム	発表年	登場ページ
		107
ラバー・ソウル	1965	127 271 283 286
		143
カインド・オブ・ブルー	1959	146
		156
		180
アップ・オン・ザ・ルーフ	1962	196 284
		219
		219
		219
ラバー・ソウル	1965	271 283
		278
ディア・ハート	1964	283
ヘルプ!　4人はアイドル	1965	283
アビイ・ロード	1969	283
マジカル・ミステリー・ツアー	1967	283
マジカル・ミステリー・ツアー	1967	284
ホワイト・アルバム	1968	284
ホワイト・アルバム	1968	284
サージェント・ペパーズ・ロンリー・ハーツ・クラブ・バンド	1967	284
ラバー・ソウル	1965	284
ア・ハード・デイズ・ナイト	1964	284
		284
		284
遙かなる影	1970	285
『明日に向かって撃て!』サントラ	1970	285
Make Way for Dionne Warwick	1964	285
The Age of Aquarius	1969	285
		285
		285
		285
		285
		285
		285
		285
上を向いて歩こう	1961	285
ブルー・ヴェルヴェット	1963	285

アーティスト	楽曲タイトル（クラシックの場合は作曲家名も）
バド・パウエル	
ビートルズ	ノルウェーの森
マイルス・デイヴィス	
マイルス・デイヴィス	
サラ・ヴォーン	
ジョン・コルトレーン	
ドリフターズ	アップ・オン・ザ・ルーフ
	モーツァルト
	ラヴェル
ロベール・カサドゥシュ　ピアノ	モーツァルト　ピアノ協奏曲
ビートルズ	ミッシェル
	バッハ　フーガ
ヘンリー・マンシーニ	ディア・ハート
ビートルズ	イエスタデイ
ビートルズ	ヒア・カムズ・ザ・サン
ビートルズ	フール・オン・ザ・ヒル
ビートルズ	ペニー・レイン
ビートルズ	ブラック・バード
ビートルズ	ジュリア
ビートルズ	ホエン・アイム・シックスティー・フォー
ビートルズ	ひとりぼっちのあいつ
ビートルズ	アンド・アイ・ラブ・ハー
	ラヴェル　死せる王女のためのパヴァーヌ
	ドビュッシー　月の光
カーペンターズ	クロース・トゥ・ユー（バート・バカラック）
B.J.トーマス	雨に濡れても（バート・バカラック）
ディオンヌ・ワーウィック	ウォーク・オン・バイ（バート・バカラック）
フィフス・ディメンション	ウェディングベル・ブルース（バート・バカラックと書かれているが、ローラ・ニーノの間違い）
ロジャース&ハート	
	ジョージ・ガーシュイン
ボブ・ディラン	
レイ・チャールズ	
キャロル・キング	
ビーチ・ボーイズ	
スティーヴィー・ワンダー	
坂本九	上を向いて歩こう
ボビー・ヴィントン	ブルー・ヴェルヴェット

収録アルバム	発表年	登場ページ
		156
		156
		156
	1955	156
		156
		166
		171
		171
		183
		183
		220
		222
ラバー・ソウル	1965	223
ラバー・ソウル	1965	223
ザ・ビートルズ（ホワイト・アルバム）	1968	223
		248
		248
		248
		254
バイヨー・カントリー	1969	276
ブラッド・スウェット・アンド・ティアーズ	1969	284
クリームの素晴らしき世界	1968	285
パセリ・セージ・ローズマリー・アンド・タイム	1966	285
アビイ・ロード	1969	286
		301
		7
		14 107
		14
The Composer of Desafinado Plays	1963	35 266
ゲッツ / ジルベルト	1964	35
		35
		35
		37
スルー・ザ・パスト・ダークリー	1968	41
まぼろしの世界	1967	49
ザ・ユニーク	1956	52
		68
		107

アーティスト	楽曲タイトル（クラシックの場合は作曲家名も）
ブラザーズ・フォア	レモン・ツリー
ピーター・ポール & マリー	パフ
	500 マイル
ピート・シーガー他	花はどこへ行った
	漕げよマイケル
レナード・バーンスタイン	
マーヴィン・ゲイ	
ビージーズ	
	マーラー　交響曲全集
ビートルズ	
ビル・エヴァンス	
	バッハ　フーガ
ビートルズ	ミッシェル
ビートルズ	ひとりぼっちのあいつ
ビートルズ	ジュリア
	バッハ
	モーツァルト
	スカルラッティー
	バッハ　インヴェンション
クリーデンス・クリアウォーター・リヴァイヴァル	プラウド・メアリー
ブラッド・スウェット・アンド・ティアーズ	スピニング・ホイール
クリーム	ホワイト・ルーム
サイモン&ガーファンクル	スカボロー・フェア
ビートルズ	ヒア・カムズ・ザ・サン
	ブラームス　ピアノ協奏曲第 2 番
下巻	
	バッハ
バド・パウエル	
セロニアス・モンク	
アントニオ・カルロス・ジョビン	デサフィナード
スタン・ゲッツ & ジョアン・ジルベルト	イパネマの娘
バート・バカラック	
レノン=マッカートニー	
トニー・ベネット	
ローリング・ストーンズ	ジャンピン・ジャック・フラッシュ
ドアーズ	まぼろしの世界
セロニアス・モンク	ハニサックル・ローズ
ジョン・コルトレーン	
オーネット・コールマン	

収録アルバム	発表年	登場ページ
		(講談社文庫、第22刷)
		19
		19
暴動	1971	タイトル
		82
ボーン・イン・ザ・U.S.A.	1984	89
		106
		106 111
		106
		106
		111
		112
ザ・ビートルズ（ホワイト・アルバム）	1968	116
		118
		131
		163
		164
	1975	171
		180
		(講談社文庫、上巻第41刷・下巻第46刷)
ラバー・ソウル	1965	7 224
		8
		28
ディア・ハート	1964	77
		78
サージェント・ペパーズ・ロンリー・ハーツ・クラブ・バンド	1967	82
ワルツ・フォー・デビー	1961	82
		104
		104
	1957	141

アーティスト	楽曲タイトル（クラシックの場合は作曲家名も）
パン屋再襲撃	
パン屋再襲撃	
	ワーグナー　タンホイザー序曲
	ワーグナー　さまよえるオランダ人序曲
ファミリー・アフェア	
スライ&ザ・ファミリー・ストーン	ファミリー・アフェア
ハービー・ハンコック	
ブルース・スプリングスティーン	ボーン・イン・ザ・U.S.A.
フリオ・イグレシアス	
ブルース・スプリングスティーン	
ジェフ・ベック	
ドアーズ	
ウィリー・ネルソン	
シンディー・ローパー	
ビートルズ	オブ・ラ・ディ、オブ・ラ・ダ
リッチー・バイラーク・トリオ	
双子と沈んだ大陸	
	バッハ　リュート曲
ローマ帝国の崩壊・一八八一年のインディアン蜂起・ヒットラーのポーランド侵入・そして強風世界	
	ショスターコヴィチ　チェロ協奏曲
スライ&ザ・ファミリー・ストーン	
ねじまき鳥と火曜日の女たち	
クラウディオ・アバド　指揮、ロンドン交響楽団	ロッシーニ　泥棒かささぎ序曲
ロバート・プラント	
ノルウェイの森	
上巻	
ビートルズ	ノルウェーの森
ビリー・ジョエル	
	君が代
ヘンリー・マンシーニ	ディア・ハート
	ブラームス　交響曲第４番
ビートルズ	
ビル・エヴァンス	
ジム・モリソン	
マイルス・デイヴィス	
ブラザーズ・フォア他	七つの水仙

収録アルバム	発表年	登場ページ
ブランデンブルク協奏曲全曲、管弦楽組曲全曲	1967	262
管弦楽組曲、ブランデンブルク協奏曲	1964 1965	263
		267
		275
バグス・グルーヴ	1957	275
ウィントン・ケリー!	1961	275
Pat Boone Top Fifty Greatest Hits	1956	278
The Genius Hits the Road	1960	278
メリー・クリスマス	1941	280
		286
ロジャー・ウィリアムズ	1955	300 301
ニューヨーク	1970	301
Stompin' at the Savoy	1949	301
The Music of Duke Ellington Playerd by Duke Ellington (1954)	1944	323
This One's for Blanton	1933	323
フリーホイーリン・ボブ・ディラン	1963	340
フリーホイーリン・ボブ・ディラン	1963	341
（講談社文庫、第25刷）		
		46
		62
ナイロン・カーテン	1982	66
ナイロン・カーテン	1982	73
ナイロン・カーテン	1982	73
		105
		105
		105
メインストリーム	1958	105
コンサート・バイ・ザ・シー	1955	117
イッツ・マジック	1948	124
		168
		168
		189

アーティスト	楽曲タイトル（クラシックの場合は作曲家名も）
カール・リヒター　指揮	バッハ　ブランデンブルク協奏曲
パブロ・カザルス　指揮	バッハ　ブランデンブルク協奏曲
ベニー・グッドマン	
ジャッキー・マクリーン	
マイルス・デイヴィス	バグス・グルーヴ
ウィントン・ケリー	飾りのついた四輪馬車
パット・ブーン	アイル・ビー・ホーム
レイ・チャールズ	ジョージア・オン・マイ・マインド
ビング・クロスビー	ダニー・ボーイ
	ダニー・ボーイ
ロジャー・ウィリアムス	枯葉
フランク・チャックスフィールド・オーケストラ	ニューヨークの秋
ウディー・ハーマン	アーリー・オータム
デューク・エリントン	ドゥー・ナッシン・ティル・ユー・ヒア・フロム・ミー
デューク・エリントン	ソフィスティケーティッド・レディー
ボブ・ディラン	風に吹かれて
ボブ・ディラン	激しい雨

回転木馬のデッド・ヒート

タクシーに乗った男

デューク・エリントン・オーケストラ	

プールサイド

	ブルックナー　交響曲
ビリー・ジョエル	アレンタウン
ビリー・ジョエル	グッドナイト・サイゴン
ビリー・ジョエル	

嘔吐 1979

コールマン・ホーキンス	
ライオネル・ハンプトン	
ピート・ジョー・トリオ	
ヴィック・ディッケンソン & ジョー・トーマス&ゼア・オールスター・ジャズ・グループ	
エロール・ガーナー	

雨やどり

ドリス・デイ	イッツ・マジック

ハンティング・ナイフ

ローリング・ストーンズ	
マーヴィン・ゲイ	
	ドビュッシー

収録アルバム	発表年	登場ページ
		320 348
		376
Song Hits from Holiday Inn	1942	377
		380
ワイルドでいこう！ステッペンウルフ・ファースト・アルバム	1968	390
悲しいうわさ	1969	390
ヴァンドーム	1966	52
		164 171 242 275
		171 245
		171
		171 245
		171
アイ・ゴー・トゥー・ピーセズ	1965	171
		198 199 242 275
		199
		199
		199
		200
		200 245
		200
ベンチャーズ・クリスマス・アルバム（推定）	1965	200
		237
		237
ベスト・セレクション（同名のアルバムは確認できず）		242
Verklarte Nacht Chamber Sym Erwartung 6 Songs	1967	242
クラッシュ!、ストーミー・マンデイ	1963 1974	242
ザ・ポピュラー・デューク・エリントン	1967	242
	1982他	242 263
追憶のハイウェイ61	1965	242 246
		242
サイド・トラックス	1971	242
		243
ボブ・ディランのグレーテスト・ヒット	1967	244
		245
ブロンド・オン・ブロンド	1966	245

アーティスト	楽曲タイトル（クラシックの場合は作曲家名も）
デュラン・デュラン	
	ペチカ
ビング・クロスビー	ホワイト・クリスマス
エルトン・ジョン	
ステッペンウルフ	ボーン・トゥ・ビー・ワイルド
マーヴィン・ゲイ	
下巻	
MJQ（モダン・ジャズ・カルテット）	ヴァンドーム
デュラン・デュラン	
ジミ・ヘンドリックス	
クリーム	
ビートルズ	
オーティス・レディング	
ピーター&ゴードン	アイ・ゴー・トゥー・ピーセズ
ポリス	
近藤真彦（マッチ）	
松田聖子	
ボブ・マーリー	
ジム・モリソン	
ドアーズ	
レイモン・ルフェーブル・オーケストラ	
ベンチャーズ	
	ブルックナー　交響曲
	ラヴェル　ボレロ
ジョニー・マティス	
ズービン・メータ　指揮	シェーンベルク　浄夜
ケニー・バレル	ストーミー・マンデイ（「ストーミー・サンデイ」と誤記されている）
デューク・エリントン	
トレヴァー・ピノック　指揮	バッハ　ブランデンブルク協奏曲
ボブ・ディラン	ライク・ア・ローリング・ストーン
ジェイムズ・テイラー	
ボブ・ディラン	ウォッチング・ザ・リヴァー・フロー
ジョージ・ハリスン	
ボブ・ディラン	寂しき4番街
バーズ	
ボブ・ディラン	メンフィス・ブルース・アゲイン

収録アルバム	発表年	登場ページ
（新潮文庫、第30刷）		
		12 16
ディア・ハート	1964	34
		61
		61
		62
		62
クッキン、バグス・グルーヴ	1957	62
		62
		65
プリティ・ペーパー（1979）	1963	75
		83
		83
		83
		83
		83
（シナトラはこの曲を5度録音している。1942、1947、1956、1961、1977）	1942他	85
		180
		187
		188
		188
（新潮文庫、上巻第37刷・下巻第32刷）		
エンド・オブ・ザ・ワールド	1962	エピグラフ
	1913	14
	1838	142
		152
（ジョニー・マティスはこの曲の録音を残していない）		161 163
		281
		304

アーティスト	楽曲タイトル（クラシックの場合は作曲家名も）
蛍・納屋を焼く・その他の短編	
螢	
	君が代
ヘンリー・マンシーニ	ディア・ハート
納屋を焼く	
フレッド・アステア	
ビング・クロスビー	
	チャイコフスキー　弦楽セレナーデ
ナット・キング・コール	
マイルス・デイヴィス	エアジン
	ヨハン・シュトラウス　ワルツ集
ラヴィ・シャンカール	
ウィリー・ネルソン	プリティ・ペーパー（推定。「クリスマス・ソング」とだけ書かれている）
踊る小人	
グレン・ミラー・オーケストラ	
ローリング・ストーンズ	
	ラヴェル　ダフニスとクロエ組曲
ミッチ・ミラー合唱団	
チャーリー・パーカー	
フランク・シナトラ	ナイト・アンド・デイ
三つのドイツ幻想	
キム・カーンズ	
	ヘンデル　水上の音楽
マウリツィオ・ポリーニ	シューマンの何か
ローリン・マゼール	
世界の終りとハードボイルド・ワンダーランド	
上巻	
スキーター・デイヴィス	エンド・オブ・ザ・ワールド
	ダニー・ボーイ
	アニー・ローリー
ロベール・カサドシュ　ピアノ	モーツァルト　ピアノ協奏曲第 23、24 番
ジョニー・マティス	ティーチ・ミー・トゥナイト
マイケル・ジャクソン	
チャーリー・パーカー	

収録アルバム	発表年	登場ページ
		189
		216 218
Song Hits from Holiday Inn	1942	216
バッハ　インベンションとシンフォニア	1964	219
		225
		226
ブラームス間奏曲集	1960	238
（講談社文庫、第48刷）		
		15
		15
		44
ゲッツ / ジルベルト	1964	85
		101
別れはつらいね	1962	116
マジカル・ミステリー・ツアー	1967	119
		125
		125
サマー・ホリデイ	1963	133
イエスタデイ・アンド・トゥデイ（米編集盤）	1965	139
ワン・ステップ・クローサー	1980	187
		194
		194

アーティスト	楽曲タイトル（クラシックの場合は作曲家名も）
土の中の彼女の小さな犬	
ジミー・ヌーン	
シドニーのグリーン・ストリート	
グレン・グールド	
ビング・クロスビー	ホワイト・クリスマス
グレン・グールド	バッハ　インヴェンション
	ルッジェーロ・レオンカヴァッロ　パリアッチ（道化師）序曲
	バッハ　主よ、人の望みの喜びよ
グレン・グールド	ブラームス　インテルメッツォ（間奏曲集）

カンガルー日和

カンガルー日和	
スティーヴィー・ワンダー	
ビリー・ジョエル	
タクシーに乗った吸血鬼	
ドノヴァン	
1963／1982年のイパネマ娘	
スタン・ゲッツ ＆ ジョアン・ジルベルト	イパネマの娘
バート・バカラックはお好き？	
バート・バカラック	
5月の海岸線	
ニール・セダカ	別れはつらいね
ビートルズ	愛こそはすべて
駄目になった王国	
ビル・エヴァンス	
	モーツァルト
32歳のデイトリッパー	
クリフ・リチャード＆ザ・シャドウズ	サマー・ホリデイ
ビートルズ	デイ・トリッパー
サウスベイ・ストラット	
ドゥービー・ブラザーズ	サウスベイ・ストラット
ジーン・クルーパ	
バディ・リッチ	

収録アルバム	発表年	登場ページ
Here We à Go Go Again!	1964	211
Here We à Go Go Again!	1964	211
And I Know You Wanna Dance	1966	211
Here We à Go Go Again!	1964	211
プラム！（推定）	1978	228
		228
New Vintage	1977	228
	1960	240
		242
		23
		23
		23
		23
		43
（ナット・キング・コールはこの曲の録音を残していない）		135
Mucho Gusto!	1961	139
Song Hits from Holiday Inn	1942	178
Benny Goodman Sextet（1945）	1941	181 183 211
		（中公文庫、第７刷）
	1948	タイトル エピグラフ
ビージーズ・ファースト	1967	タイトル
		82
		96
		96
		105
		105
	1914	107
ハートに火をつけて	1967	125
レット・イット・ビー	1970	125
		134
		134
イット・エイント・イージー	1970	140

アーティスト	楽曲タイトル（クラシックの場合は作曲家名も）
ジョニー・リヴァース	ミッドナイト・スペシャル
ジョニー・リヴァース	ロール・オーヴァー・ベートーヴェン
ジョニー・リヴァース	シークレット・エージェント・マン
ジョニー・リヴァース	ジョニー・B・グッド
ブラザーズ・ジョンソン	
ビル・ウィザース	
メイナード・ファーガソン	スター・ウォーズのテーマ
	『荒野の七人』のイントロ
	峠の我が家
下巻	
ケニー・バレル	
B.B. キング	
ラリー・コリエル	
ジム・ホール	
	ベートーヴェン　ソナタ
ナット・キング・コール	国境の南
パーシー・フェイス・オーケストラ	パーフィディア
ビング・クロスビー	ホワイト・クリスマス
ベニー・グッドマン	エアメイル・スペシャル

中国行きのスロウ・ボート

中国行きのスロウ・ボート	
	オン・ア・スロウ・ボート・トゥ・チャイナ
ニューヨーク炭鉱の悲劇	
ビージーズ	ニューヨーク炭鉱の悲劇
ドアーズ	
	蛍の光
	峠の我が家
カンガルー通信	
	ブラームス
	マーラー
	ボギー大佐のマーチ
午後の最後の芝生	
ドアーズ	ライト・マイ・ファイア
ポール・マッカートニー（ビートルズ）	ロング・アンド・ワインディング・ロード
クリーデンス・クリアウォーター・リヴァイヴァル	
グランド・ファンク・レイルロード	
スリー・ドッグ・ナイト	ママ・トールド・ミー

収録アルバム	発表年	登場ページ
ジャズ・アット・ストーリーヴィル	1951	74 151
チャーリー・パーカー・ウィズ・ストリングス	1949	75
		76
ラバー・ソウル	1965	78
		81
		90
ア・トランプ・シャイニング	1968	91
		102
		106
		110
		119
		119
		119
		119
		119
		119
		131
		131
		131

（講談社文庫、上巻第46刷・下巻第44刷）

		12
		12 128
		12
		12
		12
		64
		106
		128
		136
		136
ダウン・トゥー・ゼン・レフト（推定）	1978	141
		198

アーティスト	楽曲タイトル（クラシックの場合は作曲家名も）
スタン・ゲッツ	ジャンピング・ウィズ・シンフォニー・シッド
チャーリー・パーカー	ジャスト・フレンズ
	ヘンデル　リコーダー・ソナタ
ビートルズ	
	オールド・ブラック・ジョー（オルゴールで）
ウェイン・ニュートン	
リチャード・ハリス	マッカーサー・パーク
ジャン&ディーン	
ジーン・ピットニー	
ジャクソン5	
	バッハ
	ハイドン
	モーツァルト
パット・ブーン	
ボビー・ダーリン	
プラターズ	
ビックス・バイダーベック	
ウディ・ハーマン	
バニー・ベリガン	

羊をめぐる冒険

上巻

ドアーズ	
ローリング・ストーンズ	
バーズ	
ディープ・パープル	
ムーディー・ブルース	
	モーツァルト　協奏曲
	バッハ　無伴奏チェロ・ソナタ
ビーチ・ボーイズ	
ビートルズ	
ポール・マッカートニー	
ボズ・スキャッグス	ハリウッド（推定。「ボズ・スキャッグスの新しいヒットソングが流れていた」）
	ショパン　バラード

※表記は利便性を考慮して、一部書籍表記に合わせるのではなく一般的なものに統一しました。

収録アルバム	発表年	登場ページ
（講談社文庫、第41刷）		
		28
		46
		46
		46
		49-50
トゥデイ	1970	51　53
コスモズ・ファクトリー	1970	53
サマー・デイズ	1965	57　59-60 62　68　150
ピアノ協奏曲第3番	1959	62　66
ピアノ協奏曲第3番・4番	1950	62
ザ・ミュージングス・オブ・マイルス	1955	63
ハーパース・ビザール4（推定）	1969	64
		67
ナッシュヴィル・スカイライン	1969	70
		89
		90
恋のKOパンチ～ガール！ガール！ガール！	1962	92
スタンド！	1969	95
デジャ・ヴ	1970	95
スピリット・イン・ザ・スカイ	1969	95
アイ・ラヴ・ユー	1969	95
イン・ザ・ウィンド	1963	110
		116
歌の贈り物	1962	144
（講談社文庫、第20刷）		
		7
		7
リック・イズ・21	1961	16
ゴールデン・グレイツ	1960	17
マジカル・ミステリー・ツアー	1967	32
ロッキン・チェア・レディ	1941	53

村上春樹の小説全音楽リスト

アーティスト	楽曲タイトル（クラシックの場合は作曲家名も）
風の歌を聴け	
	モーツァルト
ジョニー・アリディ	
アダモ	
ミシェル・ポルナレフ	
	ミッキー・マウス・マーチ（ミッキー・マウス・クラブの歌）
ブルック・ベントン	レイニー・ナイト・イン・ジョージア（雨のジョージア）
クリーデンス・クリアウォーター・リヴァイヴァル	フール・ストップ・ザ・レイン
ビーチ・ボーイズ	カリフォルニア・ガールズ
レナード・バーンスタイン　指揮、グレン・グールド　ピアノ	ベートーヴェン　ピアノ協奏曲第３番
カール・ベーム　指揮、ピアノ　バックハウス　ピアノ	ベートーヴェン　ピアノ協奏曲第３番
マイルス・デイヴィス	ア・ギャル・イン・キャリコ
ハーパース・ビザール	
ビーチ・ボーイズ	
ボブ・ディラン	
MJQ（モダン・ジャズ・カルテット）	
マーヴィン・ゲイ	
エルヴィス・プレスリー	リターン・トゥ・センダー
スライ&ザ・ファミリー・ストーン	エヴリデイ・ピープル
クロスビー・スティルス・ナッシュ & ヤング	ウッドストック
ノーマン・グリーンバウム	スピリット・イン・ザ・スカイ
エディ・ホウルマン	ヘイ・ゼア・ロンリー・ガール
ピーター・ポール&マリー	くよくよするなよ（Don't Think Twice, It's All Right）
アヌンツィオ・パオロ・マントヴァーニ	イタリア民謡
エルヴィス・プレスリー	グッド・ラック・チャーム
1973年のピンボール	
	ヴィヴァルディ　調和の幻想
	ハイドン　ト短調ピアノ・ソナタ
リッキー・ネルソン	ハロー・メリー・ルウ
ボビー・ヴィー	ラバー・ボール
ビートルズ	ペニー・レイン
ミルドレッド・ベイリー	イッツ・ソー・ピースフル・イン・ザ・カントリー

立東舎の本

僕を熱くさせる小説は、ほとんど全てこの本に書いてある。
都甲幸治のベスト書評集。

今を生きる人のための世界文学案内

都甲幸治

とにかく面白い本を、国・言語にかかわらずひたすら読みまくる。そしてその本について書きまくる。これは、そんな「狂喜の読み屋」の戦いの記録だ。

現代日本の最重要翻訳家・都甲幸治。彼の膨大な原稿から厳選したベスト書評集。読書日記、長短様々な書評、自伝的なエッセイなどから、現代の世界文学のありかたが見えてくる！

村上春樹『騎士団長殺し』についての書き下ろし書評も掲載。世界文学の今を知るための、最新ブックガイドが登場。

目次

四六判、256p、定価：本体￥2000＋税
ISBN978-4-8456-3126-1

芥川賞、直木賞からノーベル文学賞まで。
8つの賞から、文学の最先端が見えてくる!

世界の8大文学賞

都甲幸治　中村和恵　宮下遼　武田将明　瀧井朝世
石井千湖　江南亜美子　藤野可織　桑田光平
藤井光　谷崎由依　阿部賢一　阿部公彦　倉本さおり

世界中の文学賞は、こうやってできていた!　史上初の世界の文学賞ガイドが登場。都甲幸治を中心に、芥川賞作家や翻訳家、書評家たちが集まって、世界の文学賞とその受賞作品について熱く語る1冊。芥川賞、直木賞、ノーベル文学賞といったメジャーなものから、各国の代表的なものまで。歴史あるものや最近設立されたもの、賞金が1億円を超えるものや1500円くらいのもの。世界に数多く存在する文学賞のなかから、とびきりの8つを選びました。

目次

四六判、256p、定価：本体¥1600＋税
ISBN978-4-8456-2838-4

彼らの関係は、とてもややこしくて、とても美しい。
文豪同士の友情を追ったエッセイ集。

文豪たちの友情

石井千湖

最近再び注目を集めている、日本の文豪たち。学生時代、教科書で彼らの存在を知った、という人も多いでしょう。でも、教科書に載っているから、後世に名をのこしているから、彼らはわたしたちにとって遠い存在なのでしょうか？　文学で成功してやろうとがんばっていた若き日の彼らは、本当はどういう人たちだったのでしょうか？本書では、文豪同士の友情にまつわる逸話を紹介しながら、彼らの人生と作品に迫ります。全13組の文豪たちの「友情の履歴書」を、ぜひ味わってみて下さい。文豪がテーマのマンガやゲームの元ネタもわかります。

目次

四六判、256p、定価：本体￥1500＋税
ISBN978-4-8456-3214-5

翻訳家・岸本佐知子推薦！
ウェブ連載で話題沸騰の若手女性詩人によるエッセイ、
ついに書籍化。

臆病な詩人、街へ出る。

文月悠光

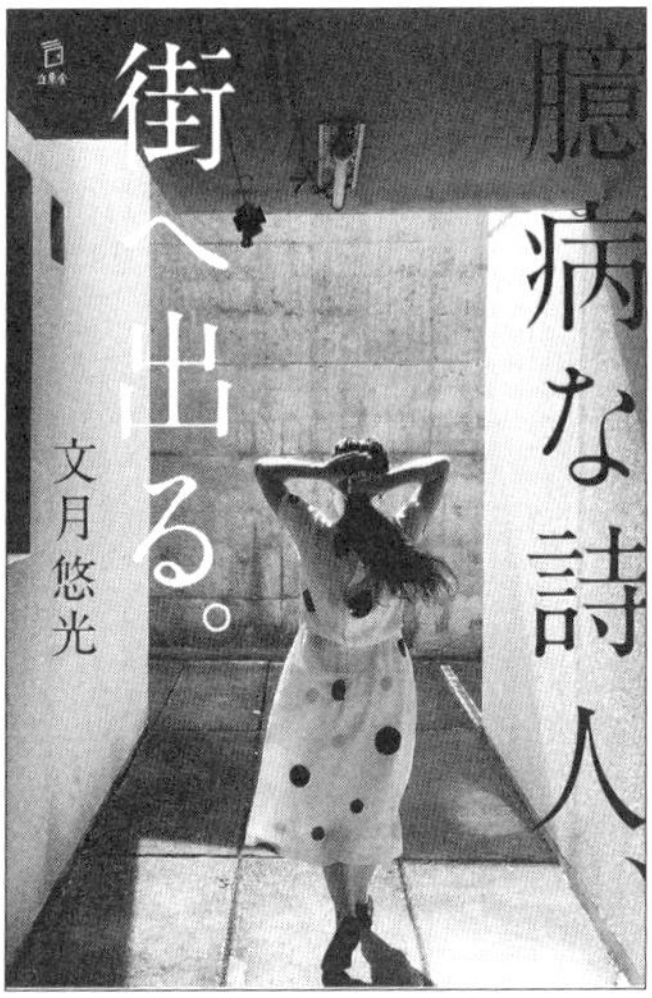

「早熟」「天才」と騒がれた女子高生は、今やどこにもいない。残されたのは、臆病で夢見がちな冴えない女――。「ないない」尽くしの私は、現実に向き合うことができるのか？ 18歳で中原中也賞を受賞した著者が、JK詩人からの脱却を図った体当たりエッセイ集。ウェブ連載に書き下ろしエッセイを2篇追加した決定版になります。

目次

四六判、272p、定価：本体￥1600＋税
ISBN978-4-8456-3179-7

漱石、太宰、谷崎、乱歩……文豪の名作に「らくがき」をしたら、小説のことがもっとわかった！

東大の先生が考えた、新しくておもしろい読書入門

名作をいじる「らくがき式」で読む最初の1ページ

阿部公彦

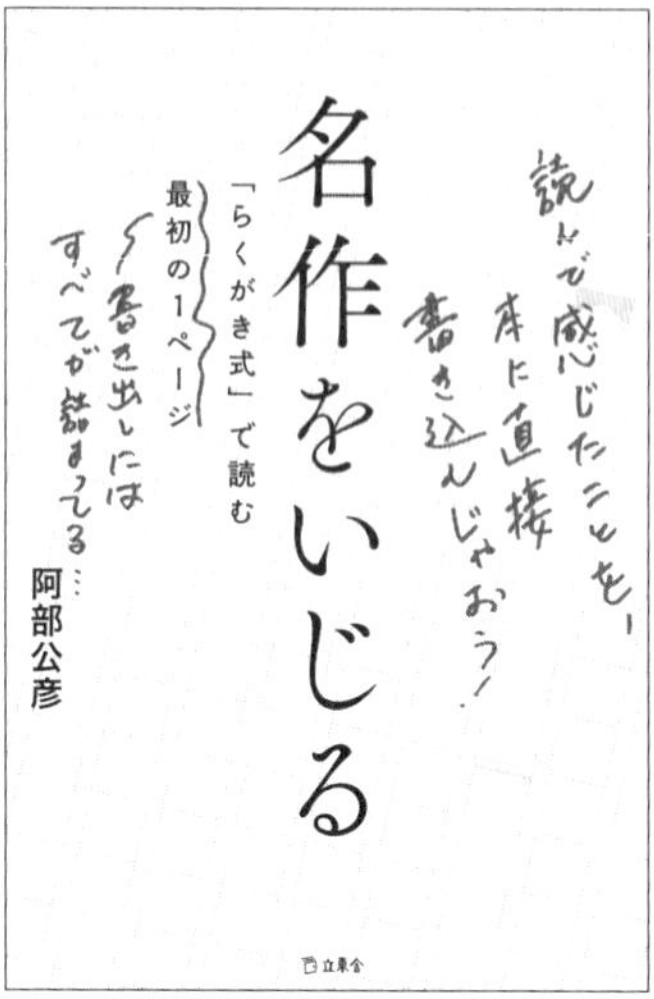

最近読書をする時間がない……そんな話をよく聞きませんか？　忙しいなら、まずは最初の1ページを「いじって」みればいい！
本書では、名作の最初の1ページをとりあげます。1ページだけでも、名作には気になるところがたくさんあります。そこに容赦なく、思ったことを書き込んでいく！　これが、東京大学で教える阿部公彦が編み出した「らくがき式」読書法です。

目次

四六判、272p、定価：本体￥1800＋税
ISBN978-4-8456-3077-6

2017年ノーベル文学賞受賞作家の作品の謎に迫る、
いちばん読みやすい解説書が登場

カズオ・イシグロ入門

日吉信貴

2017年10月、突然のニュースに日本が大騒ぎになりました。カズオ・イシグロのノーベル文学賞受賞。海外文学ファンは驚き、一般の人は「日本人っぽい名前だけど、誰？」となったのは記憶に新しいです。
そんなカズオ・イシグロの生い立ちから作品世界まで、その実像に迫る解説書ができました。今回の受賞でイシグロのことを知った人も、『日の名残り』や『わたしを離さないで』なら読んだことがあるという人も楽しめる、イシグロ・ワールドへ読者を誘う、読みやすい１冊です。

目次

四六判、192p、定価：本体￥1300＋税
ISBN978-4-8456-3170-4

村上春樹の100曲

2018年6月15日　第1版1刷発行
2018年8月1日　第1版3刷発行

著者　栗原 裕一郎
藤井 勉
大和田 俊之
鈴木 淳史
大谷 能生

発行人　古森 優
編集長　山口 一光
デザイン　木村 百恵
イラスト　川原 瑞丸
担当編集　切刀 匠

発行：立東舎
発売：株式会社リットーミュージック
〒101-0051 東京都千代田区神田神保町一丁目105番地

印刷・製本：株式会社廣済堂

【乱丁・落丁などのお問い合わせ】
TEL：03-6837-5017 ／ FAX：03-6837-5023
service@rittor-music.co.jp
受付時間／10:00-12:00、13:00-17:30（土日、祝祭日、年末年始の休業日を除く）

【書店・取次様ご注文窓口】
リットーミュージック受注センター
TEL：048-424-2293 ／ FAX：048-424-2299

Printed in Japan　ISBN978-4-8456-3239-8